Paul de Kock

Die Trüffelbrüder

Humoristischer Roman

Paul de Kock

Die Trüffelbrüder
Humoristischer Roman

ISBN/EAN: 9783744607834

Hergestellt in Europa, USA, Kanada, Australien, Japan

Cover: Foto ©Andreas Hilbeck / pixelio.de

Weitere Bücher finden Sie auf **www.hansebooks.com**

I.

Boudinet kommt wieder zum Vorschein.

Anatol ist mit dem Gedanken an Adeline von Barvillier eingeschlafen. Er träumt die ganze Nacht von ihr
und denkt noch beim Erwachen an sie. Das Bild der treu-
losen Olympia ist schon völlig in seiner Erinnerung er-
loschen; solche auf Sinnengenuß und Zerstreuung gegründete
Liebschaften schlagen ja nie tiefe Wurzeln.

Aber beim Ankleiden fängt er an zu überlegen:

»Ich darf nicht zu oft an das schöne Mädchen denken,
denn ich könnte sie vielleicht zu tief in mein Herz einschließen,
und das wäre ein Fehler; es würde mir nichts nützen,
denn sie hat ja eine Neigung zu Armand Bouquinard, und
er liebt sie, oder will sie wenigstens heiraten. Er hat mir
seine Entwürfe, seine Hoffnungen anvertraut, ich würde
also sein Vertrauen mißbrauchen, wenn ich der reizenden
Adeline ebenfalls den Hof machte. Die Pläne eines Freundes soll man nie durchkreuzen. Ich weiß nicht, ob es in
Paris geschieht, aber es ist schlecht, und ich werde es nicht
thun.«

Einige Tage vergehen. Anatol, der eine gut gefüllte
Brieftasche hat, kann nun die Theater und Concerte
besuchen, kurz sich alle ihn anlockenden Zerstreuungen ver-
schaffen. Aber noch weit anlockender ist die schöne Adeline

von Barvillier, an die er beständig denkt und immer denken will.

Eines Morgens bekommt er einen Besuch. Es ist Boudinet, der einzige der vier Trüffelbrüder, der kein Geld von ihm geliehen hat. Der Dicke begrüßt Anatol mit einem derben Händedruck und sagt zu ihm:

»Da bin ich, lieber Freund. Es ist ein Jahrhundert, daß Sie mich nicht gesehen. Sie müssen aber nicht glauben, ich hätte Sie vergessen. O nein, meinen Freunden bin ich immer zugethan. Aber wer bis über die Ohren in Ge= schäften steckt, ist nicht immer Herr seiner Zeit, und ich will nicht auf halbem Wege stehen bleiben, da ich einmal auf dem Wege zum Reichthume bin.«

»Da haben Sie vollkommen Recht. Ich lerne jetzt den Werth des Geldes kennen und bemerke, daß man ohne dasselbe eine traurige Figur spielt.«

»Nicht wahr? Sie theilen meine Meinung, Sie sehen ein, daß es die richtige ist. — Sie werden mir nicht zürnen, daß ich noch nicht zu Ihnen gekommen bin seit jenem genuß= reichen Tage und dem interessanten Souper, welches übri= gens, beiläufig gesagt, für mich nicht so angenehm geendet hat. — Sie Vocativus hatten eine hübsche Eroberung ge= macht, die pikante Olympia war Ihnen zu Theil gewor= den! — Victor hatte die schwärmerische Nanna begleitet; Armand verschwand mit der Camargo — und mir hatte man die Polin Pauleska gelassen, die Wilde, welche einem Besenstiel mit einem darauf steckenden Federbusch voll= kommen ähnlich war. Nun, unter Freunden nimmt man's nicht so genau. — Reden wir lieber von ernsten Dingen.

Ich habe Sie zwar nicht besucht, aber mich doch viel mit Ihnen beschäftigt; oft habe ich zu mir gesagt: Anatol Desforgeray hat ein hübsches Vermögen, zwölftausend Francs Renten, wie man sagt —«

»O nein; ich werde vielleicht später so viel bekommen, aber jetzt habe ich erst siebentausend —«

»Nun, es ist immerhin recht hübsch, aber nicht genug, um in Paris eine glänzende Rolle zu spielen. Ich muß ihm die Mittel bieten, ein reicher Cavalier zu werden; er muß an meinen Operationen theilnehmen. — Was sagen Sie zu dieser Idee? Finden Sie sie annehmbar?«

»Ich danke Ihnen. Ich bin gar nicht abgeneigt, ein reicher Mann zu werden; aber wie wollen Sie es anfangen?«

»Ich habe es Ihnen schon gesagt: durch Theilnahme an meinen Operationen.«

»Was für Operationen?«

»An der Börse, lieber Freund; Speculationen in Staatspapieren, Eisenbahnactien —«

»Ich habe gar keine Kenntniß von derlei Geschäften —«

»Ich glaube es wohl — ich weiß es sogar, und eben deshalb brauchen Sie einen Associé, der Schlauheit mit Geschäftskenntniß verbindet, und, ohne mich zu rühmen, glaube ich, von Niemand in solchen Speculationen übertroffen zu werden.«

»Ich bezweifle es nicht.«

»Sie nehmen mich also zum Associé?«

»Nun ja, wenn auf rechtmäßige Weise Geld zu verdienen ist.«

„Natürlich; ich will Sie ja nicht zur Falschmünzerei verleiten. Wir machen Börsenoperationen wie alle Leute. Ich kann Ihnen nicht versprechen, daß wir immer gewinnen werden, das wäre zu schön; aber die Hauptsache ist, daß der Gewinn den Verlust übersteigt. Das leuchtet Ihnen doch ein?"

„Allerdings. Muß man denn Geld vorstrecken?"

„Zuweilen — nicht immer. Wenn man einen Wechselagenten kennt und bei ihm Credit hat, so macht man Operationen auf Zeit, ohne Deckung zu geben."

„Deckung, Zeit? Ich gestehe Ihnen, daß ich kein Wort verstehe."

„Sie werden's schon lernen. Sind Sie jetzt bei Cassa?"

„Ich habe von Hause fünftausend Francs erhalten, denn ich hatte Alles ausgegeben, was ich mitgebracht; aber ich behalte diese Summe, um hier meine Bedürfnisse zu bestreiten und mich zu unterhalten."

„Das ist wenig; wenn Sie wenigstens fünfzehntausend Francs flüssiges Capital hätten, so könnten wir kleine Reportgeschäfte machen —"

„Kleine Reportgeschäfte? Das verstehe ich auch nicht. Ich habe mir vorgenommen, mich hier gut zu unterhalten."

„Ha! ha! wie kindisch! er versteht nichts. — Ihre Großmutter hat versäumt, Sie in den nothwendigsten Dingen unterrichten zu lassen. Nun, ich werde Sie schon ausbilden. Sie müssen nach Hause schreiben und fünfzehntausend Francs verlangen, um sechzigtausend damit zu verdienen."

„Das kann ich nicht. Ich habe soeben erst Geld verlangt. Meine Großmutter würde mir die Summe nicht schicken; sie würde mir antworten: Du brauchst keine Geschäfte zu machen, ich habe Dich ja nicht deshalb nach Paris geschickt.«

Boudinet schneidet ein Gesicht und erwiedert:

»Sie sind noch nicht volljährig. Aber wenn ein junger Mann in Ihren Verhältnissen Geld haben will, so findet er's immer. An Darleihern fehlt es nicht.«

»O nein, ich will nie Geld borgen. Ich habe es meiner Großmutter fest versprochen.«

»Als Sie vielleicht sieben Jahre alt waren.«

»Nein, vor meiner Abreise nach Paris.«

»Man verspricht Manches, ohne es zu halten.«

»Sie scherzen! — Nicht halten, was man versprochen hat! Das wäre ja ein Wortbruch. — Nein, das thue ich nicht.«

Boudinet schneidet wieder ein Gesicht und sagt zu sich selbst: »Der Kleine ist sehr in der Cultur zurück.«

Dann steht er auf, macht eine halbe Schwenkung um seine Achse und sagt zu Anatol:

»Kleiner, nehmen Sie Ihren Hut und kommen Sie mit mir.«

»Wohin?«

»Zu meinem Wechselagenten.«

»Warum denn?«

»Er soll Sie kennen lernen; er soll wissen, daß Sie mein Associé sind, und von Ihrer Unterschrift Notiz nehmen.«

»Ist das nothwendig?«

»Ja, sehr nothwendig.«

Anatol geht mit Boudinet fort. Dieser führt ihn zu seinem Wechselagenten und stellt ihn demselben mit den Worten vor:

»Ich bringe Ihnen einen neuen Clienten, Herrn Anatol Desforgeray, von Montpellier. Ziehen Sie Erkundigungen ein, und Sie werden erfahren, daß die Desforgeray zu Montpellier ein schönes Vermögen besitzen und in dem besten Ruf stehen. Mein Freund wird sich mit der Hälfte an meinen Operationen betheiligen — er müßte sie denn allein unternehmen. — Lieber Anatol, Sie sehen, daß ich Vertrauen zu Ihnen habe. Jetzt zeigen Sie diesem Herrn Ihre Unterschrift zur Notiznahme. Schreiben Sie ihm, er möge Ihnen zehn Actien der Ardennenbahn für das Ende des laufenden Monats kaufen. Es ist eine Kleinigkeit, aber Sie werden dadurch ein bischen in die Geschäfte eingeweiht.«

Anatol schreibt, was ihm Boudinet dictirt. Dann verlassen die beiden Freunde den Wechselagenten. Der junge Desforgeray ist etwas unruhig, er sagt zu seinem Begleiter:

»Ich habe Auftrag gegeben, mir zehn Actien der Ardennenbahn zu kaufen — und ich weiß nicht einmal, wie viel sie kosten.«

»Vierhundertfünfundzwanzig Francs heute.«

»Ach mein Gott! Da habe ich ja mehr als viertausend Francs zu bezahlen!

»Sie haben für Ende dieses Monats gekauft, die Eisenbahnactien werden unfehlbar steigen. Da wir nun billiger gekauft haben, so ist die Differenz natürlich uns zu zahlen.«

»Aber wenn die Actien fallen?«

»Dann zahlen wir die Differenz. Aber es wird sehr unbedeutend sein. Und die Actien werden gewiß steigen; ich bedaure, daß ich nicht mehr kaufen ließ. — Adieu, mein Kleiner, ich gehe auf die Börse. Wenn wir viel steigen, so lasse ich verkaufen. Auf Wiedersehen!«

Boudinet drückt dem jungen Desforgeray noch ein= mal die Hand und entfernt sich. Anatol fragt sich, ob er nicht unbesonnen gehandelt, aber bald verdrängt die Erin= nerung an die reizende Adeline die Bedenklichkeiten, welche die Börsenoperation in ihm hervorgerufen.

Ein Sonnabend ist verstrichen. Anatol wäre gern zu Madame Belleval gegangen; aber er hat Armand nicht wiedergesehen, und er mag nicht allein in die Abendgesell= schaft gehen, obgleich ihn die Dame persönlich eingeladen hat. — Den folgenden Sonnabend aber will Anatol nicht verstreichen lassen, ohne die für ihn so anziehende Gesell= schaft wieder zu besuchen. Morgens begibt er sich daher zu dem jungen Literaten, um zu erfahren, ob dieser willens ist, sich Abends zu Madame Belleval zu begeben.

II.

Buchhändler=Taktik.

Armand Bouquinard ist noch in der alten Wohnung; aber er wohnt jetzt allein, die Freunde haben sich getrennt. Nichts dauert ja lange in dieser Welt, nichts ist beständig, zumal in einem von jungen Leuten entworfenen Lebensplan.

Anatol findet Armand bei der Arbeit. — Der junge Literat empfängt ihn ziemlich kalt und fragt ihn:

»Sie sind's! Was führt Sie zu mir?«

»Erstens der Wunsch, Sie zu sehen. Ich habe Sie nicht gesprochen, seitdem Sie mich in die Abendgesellschaft bei Madame Bellevall einführten.«

»Ich arbeite, lieber Freund; ich bin kein Pflaster=treter. Wenn man sich einen berühmten Namen erwerben will, so muß man tüchtig die Finger rühren.«

»Wenn ich störe, so gehe ich.«

»Nein, nein — ich habe mein Capitel beendet, ich kann jetzt ein bischen ausruhen.«

»Sie sind allein. Wohnen die anderen Herren nicht mehr mit Ihnen zusammen?«

»Nein, ich habe sie ersucht, mir das Feld zu räumen. Es wollte mir nicht mehr behagen. Ich habe eingesehen, daß man allein wohnen muß, um zu arbeiten. Ich befinde mich sehr wohl dabei.«

»Wo wohnen die Andern?«

»Ich glaube, daß sich der schöne Hippolyt bei einer alten Geliebten eingemiethet hat. Victor muß zu Bati=gnolles wohnen, wenn er nicht im Gefängniß sitzt —«

»Im Gefängniß! Warum soll er denn im Gefäng=niß sitzen?«

»Nun, weil er Schulden hat. Der Krug geht zum Wasser, bis er bricht.«

»Der arme Junge! Hat er viele Schulden?«

»Ich weiß es nicht, ich glaube, er weiß es selbst nicht genau. Ich bin nicht in der Lage, für ihn zu zahlen, und sehe daher nicht ein, warum ich mich darnach erkun=

digen sollte. — Wollten Sie mich etwa zum Essen ein=
laden?«

»Mit dem größten Vergnügen, wenn Sie frei sind.«

»Man ist immer frei, wenn es sich um ein Diner
handelt. Wir gehen wieder zu den Frères=Provençaur.«

»Und diesen Abend gehen wir wieder zu Madame
Belleval, nicht wahr?«

»Diesen Abend? Ich hatte eigentlich nicht die Absicht
hinzugehen. Man muß sich nicht verschleudern. Ich bin
erst vorigen Sonnabend dort gewesen.«

»Was! Sie sind ohne mich dort gewesen! Das ist
nicht schön von Ihnen!«

»Ha! ha! Sie sind ungeheuer naiv, Kleiner! Glau=
ben Sie denn, ich könne nicht mehr zu dieser Dame gehen,
ohne Sie am Arm zu haben?«

»Das will ich nicht sagen. Aber da wir schon zusam=
men dort gewesen sind, so glaubte ich, wir könnten wieder
mit einander hingehen.«

»Sie haben also große Lust, wieder zu Madame
Belleval zu gehen? Sie haben sich wohl gut unterhalten?«

»Ja, ich habe die Gesellschaft sehr angenehm gefun=
den; aber wenn ich so großes Verlangen hätte, dieses
Haus wieder zu besuchen, so hätte ich letzten Sonnabend
ohne Sie hingehen können; denn die Dame hatte die
Güte, mich zum Besuche ihrer Abendgesellschaften ein=
zuladen.«

Armand antwortet nichts, er scheint nicht mehr zu=
zuhören, und Anatol kann sich, trotz seiner Gutmüthigkeit,
des Gedankens nicht erwehren:

»Er verlangt, daß ich ihn zum Diner mitnehme, und

scheint gar nicht Lust zu haben, mich mitzunehmen; das ist nicht recht.«

Ein Besuch, der ganz unerwartet kommt, verändert die Stimmung der jungen Leute. Herr Bouquinard Vater erscheint plötzlich in der Wohnung seines Sohnes. Dieser ist sehr erstaunt, und sein Gesicht drückt unverkennbares Mißtrauen aus; er scheint zu denken: Ich muß auf meiner Hut sein; mein Vater besucht mich sonst nie, er hat offenbar eine geheime Absicht; was mag er von mir wollen?

Bouquinard scheint sehr guter Laune zu sein. Er sagt seinem Sohne freundlichen guten Morgen und reicht dem jungen Desforgeray die Hand.

»Es ist sehr schön von Ihnen, junger Mann,« sagt er, »daß Sie meinen Sohn besuchen; aber zu mir sind Sie nicht wieder gekommen. Sie wissen doch, daß ich Ihnen meine Dienste angeboten habe, falls Sie sich in Verlegenheit befänden, oder eine Anleihe zu machen hätten. Denn junge Leute brauchen immer Geld. Ich weiß wohl, daß Sie reich sind; aber die Großeltern sind zuweilen nicht sehr bereitwillig, das Verlangte zu schicken. Wenn Sie also Geld brauchen, so werde ich mir ein Vergnügen daraus machen, Ihnen gefällig zu sein, — und zwar zu sehr billigen Bedingungen.«

»Ich danke Ihnen tausendmal, Herr Bouquinard; aber ich glaube Ihrer Gefälligkeit in Geldangelegenheiten nicht zu bedürfen.«

»Lieber Vater,« sagt Armand, »darf ich fragen, was mir das Vergnügen Ihres mir eben so unerwarteten als schmeichelhaften Besuches verschafft? — Aber setzen Sie sich doch, ich habe Ihnen gerade noch einen Stuhl anzubieten. Sie sehen, daß Ihr Sohn sich nicht in Möbeln ruinirt.«

»Du hast Recht. Drei Stühle sind genug in einer Junggesellenwohnung. Als ich in deinem Alter war, hatte ich nur zwei. Du wohnst übrigens recht hübsch hier.«

»Sie sind zu gütig!«

»Du hast prächtiges Licht.«

»O, an Licht fehlt mir's nicht, zumal da mein Zimmer nicht durch Vorhänge verdunkelt wird.«

»Vorhänge, wozu braucht denn ein junger Mensch Vorhänge?«

»Ich danke Ihnen. Sie werden vielleicht finden, daß ich in meinem Bette keine zwei Matratzen brauche. Aber beruhigen Sie sich, die eine ist mit Stroh, die andere mit Roßhaar gefüllt.«

»Du hast Recht; es ist weit gesunder, auf einer Roß-haarmatratze zu schlafen.«

»Lassen wir diese Nebensachen. Ich möchte wissen, was mir das Vergnügen verschafft —«

»Ich wollte Dich nur einmal besuchen. Ich ging vor-über und dachte: in diesem Hause muß Armand wohnen. Und ich bin heraufgekommen.«

»Ich kann Ihnen meine Freude nicht beschreiben,« erwiedert Armand; aber bei sich denkt er: »Er macht Um-wege; aber endlich muß er doch an's Ziel kommen.«

Bouquinard rückt an den Tisch, an welchem sein Sohn zu arbeiten pflegt, und betrachtet ein dickes Heft Manuscript.

»Du arbeitest?« fragt er mit scheinbarer Gleich-giltigkeit.

»Ja wohl, lieber Vater, Ihr Sohn arbeitet wie ein Neger.«

»Schön! Durch Arbeit bringt man's zu etwas. Was schreibst Du da?«

»Einen Roman.«

»Bist Du schon weit vorgerückt?«

»Ja, Gott sei Dank! ich arbeite an dem vierten und letzten Bande.«

»Nun, da Du so fleißig bist, habe ich wahre Lust, Dich durch den Ankauf deines zweiten Romans zu belohnen.«

Armand wirft einen lauernden Blick auf seinen Vater und denkt: »Endlich rückt er mit der Sprache heraus.«

Aber er erwiedert mit scheinbar freudiger Ueberraschung:

»Was, Sie wollten es wagen, meinen zweiten Roman zu kaufen! Sie wollten sich wieder der Gefahr aussetzen, Ihr Gold an Ihren Sohn zu verlieren! Auf Ehre, das wundert mich!«

»Ja — ich dachte, daß Du einer Aufmunterung bedarfst; — wenn Du willst, können wir das Geschäft sogleich abschließen. Ich habe fertige gestempelte Contracte bei mir; es sind nur die Namen und Titel einzuschreiben. Ich will Dir hundert Francs zahlen; ich glaube das Geld bei mir zu haben.«

Bouquinard will in die Tasche greifen; aber Armand faßt seinen Arm und erwiedert höhnisch:

»Hundert Francs! — Ei, was denken Sie denn? Sie würden meinen zweiten Roman gewiß nicht kaufen, wenn er nur hundert Francs werth wäre.«

»Hm, im Grunde ist's dein zweiter Roman. Ich

will Dir zweihundert Francs zahlen. Ich hoffe, daß Du nun zufrieden sein wirst.«

»Was mich jetzt freut, lieber Vater, ist die Gewißheit, daß mein erster Roman mit Beifall, ja mit großem Beifall aufgenommen worden ist. Ich kann es nicht bezweifeln, da Sie sich um den zweiten bemühen.«

Bouquinard macht ein etwas verdrießliches Gesicht und antwortet:

»Bemühen! — Ich will Dich aneifern, und deshalb glaubst Du ein Walter Scott zu sein.«

»Für meinen ersten Roman haben Sie mich gar nicht angeeifert; Sie wollten ihn nicht. Ich mußte Ihnen fast zu Füßen fallen, um Sie zur Annahme zu bewegen. Und um welchen Spottpreis!«

»Man trägt immer Bedenken, ein Erstlingswerk zu nehmen. Ich will nicht sagen, daß dein Roman »Adolphine« schlecht sei; nein, man findet ihn recht hübsch — etwas weitschweifig und frostig — der Styl ist zu schwülstig —«

»Genug! Wenn ich Sie ausreden lasse, so wird am Ende ein elendes Machwerk daraus. — Und deshalb wollen Sie meinen zweiten Roman kaufen?«

»Mein Gott, wie undankbar sind doch die Kinder! Man will ihnen angenehm sein, aber sie wollen's nicht anerkennen! — Wie heißt dein zweiter Roman?«

»Der Titel ist wunderschön: »Die Kinder des Ackermannes.«

»Nun ja — nicht übel.«

»Sie möchten wohl lieber Blausäure oder ein anderes Gift auf dem Titel?«

»Nun, wegen des Titels will ich zweihundertfünfzig Francs daran wagen.«

»Das ist nicht genug. Bedenken Sie doch, daß es vier Bände sind —«

»Adolphine« hat auch vier Bände.«

»Ach, erinnern Sie mich nicht an jenen traurigen Handel! Sie machen mich wieder ganz verstimmt.«

»Machen wir ein Ende. Ich will Dir dreihundert Francs in Gold geben. Ich glaube, daß ich so viel bei mir habe. — Es ist doch ein hübsches Sümmchen.«

Bouquinard zieht eine große Börse aus der Tasche und fängt an die Goldstücke auf den Tisch zu legen, ohne auf die Weigerung seines Sohnes zu hören, der ihm antwortet:

»Nein, lieber Vater, es ist nicht genug. Um diesen Preis bekommen Sie meinen Roman nicht.«

Bouquinard hofft, daß der Anblick des Goldes seinen Sohn anlocken und zur Annahme des Vertrages bewegen werde. Er zeigt ihm die Napoleons.

»Sieh nur — die schönen Goldfüchse. Es ist ein hübsches Sümmchen.«

Aber Armand bleibt ganz gleichgiltig; er erwiedert ablehnend:

»Nein, es ist nicht genug für meinen zweiten Roman, nachdem mein erster so großen Beifall gefunden.«

Bouquinard stampft ungeduldig mit dem Fuße und beginnt eine Zimmerpromenade.

»Nun, wie viel willst Du denn für deinen Roman?« fragt er stehen bleibend. »Sprich, Harpax, gewinnsüchtiger Mensch, wie viele Millionen verlangst Du? Sage es

gerade heraus; ich möchte wissen, wie hoch Du deine Ansprüche stellst.«

»Ha! ha!« antwortet Armand lachend; »mein Vater
nennt mich Harpax! Es ist köstlich! er will mich zur Selbst-
kenntniß führen!«

»Bist Du fertig mit deinen schlechten Witzen? Ant-
worte: wie viel willst Du für deinen Roman?«

»Lieber Vater, ich bin nicht so gewinnsüchtig, wie
Sie zu sagen belieben. Ich will nur einen sehr mäßigen,
geringen Preis fordern. Denn ich wünsche vor Allem, daß
Sie mit mir gute Geschäfte machen.«

»Du wirst langweilig. Sage deinen Preis!«

»Wenn ich so viel verlangte, wie der Roman werth
ist, so wäre der Preis sehr hoch; aber ich bin noch ein
neuer Schriftsteller, der indeß mit großem Erfolge de-
bütirt hat.«

»Um des Himmels willen, nenne doch deinen Preis!
Ich gehe sonst fort und komme nie wieder.«

»Fünfhundert Francs baar, weil Sie es sind.«

Bouquinard schlägt die Hände zusammen und ruft:

»Fünfhundert Francs! — Ein zweiter Roman, fünfhundert Francs! Bist Du toll?«

»O nein, ich weiß wohl was ich rede. Bedenken Sie,
daß es vier Bände sind.«

»Ja, es steht nichts darin.«

»Dann haben Sie weniger Druckkosten. Die Leihbibliotheken nehmen solche Bücher am liebsten.«

»Für den zweiten Roman eines jungen Anfängers
hat noch kein Buchhändler fünfhundert Francs gegeben.«

»Dieser junge Anfänger ist Ihr Sohn; Sie haben Ursache, stolz auf ihn zu sein.«

»O der Schlingel! Höre, ich gebe Dir vierhundert Francs.«

»Ich habe meinen Preis gesagt; ich überhalte Sie nicht. Ich bin kein Kleiderhändler.«

»Welche Geldgier! Es ist ein schlechter Charakterzug.«

»Es steht Ihnen schön an, lieber Vater, mir diesen Vorwurf zu machen; Sie lieben wohl das Geld nicht?«

»O ja, ich liebe das Geld, um damit etwas zu verdienen. Das ist ein großer Unterschied. Nun, da es sein muß. — Ach, Herr Desforgeran, Sie sind Zeuge der Opfer, die ich bringe, um ihn dem Publicum bekannt zu machen, in die Lesewelt einzuführen. Hier sind zwei fertige Contracte; fülle den einen aus, ich will den andern ausfüllen. Schreibe die Namen, den Titel deines Romans und die Verkaufssumme ein.«

Während Bouquinard dies sagt, steckt er die auf dem Tische liegenden Goldstücke wieder in die Tasche. Armand sieht ihm sehr erstaunt zu.

»Was machen Sie denn da?« ruft er ihm zu: »Sie stecken ja das aufgezählte Geld wieder ein! Sie wissen aber doch, daß ich nur gegen baare Zahlung verkaufe.«

»Ja, ja, ich weiß es. Auch eine schrecklich harte Bedingung! Vormals bezahlte ich einen Roman mit einem Wechsel auf ein Jahr Dato.«

»Das war hübsch für den Verfasser.«

»Was war denn dabei verloren? Er escomptirte den Wechsel.«

»Ja wohl, mit Verlust des vierten Theiles der Summe.«

»Hast Du den Vertrag ausgefüllt?«

»Ja, es fehlen nur noch die Unterschriften.«

»Ich habe diesen unterzeichnet, unterzeichne den deinigen.«

»Ja wohl, aber meine fünfhundert Francs —«

»Ich glaube, der Schlingel traut seinem Vater nicht?«

»Es ist eine Geschäftssache, und ich habe oft gehört, daß Sie sagten, die Clauseln eines Vertrags müssen streng ausgeführt werden.«

Bouquinard zieht nun seine Brieftasche hervor, nimmt eine Fünfhundertfrancsnote heraus und gibt sie seinem Sohne mit den Worten:

»Da nimm. — Bist Du endlich zufrieden?«

»Vollkommen zufrieden. Sehen Sie nur — ich unterschreibe blindlings.«

»Gut. — Die ersten drei Bände sind fertig, kannst Du sie mir geben?«

»Ja wohl, ich habe sie schon durchgelesen, nehmen Sie.«

»Wann wirst Du mir den vierten geben?«

»In etwa zwölf Tagen.«

»Beeile Dich nur nicht zu sehr — arbeite deinen letzten Band recht sorgfältig aus; mache einen recht effectvollen Schluß! Die meisten Romanschreiber verstehen keinen rechten Schluß zu machen.«

»Es steht ja mein Ruf auf dem Spiele! Ich werde Alles mit großer Sorgfalt arbeiten.«

„Adieu, bleibe gesund. — Herr Desforgeray, ich empfehle mich Ihnen."

Bouquinard entfernt sich mit dem Manuscripte unter dem Arme. Armand geht mit stolzem Selbstgefühle im Zimmer auf und ab und sagt, wie mit sich selbst redend:

„Ich habe mit „Adolphine" einen großen, glänzenden Erfolg! Mein Vater wäre sonst nicht zu mir gekommen, um meinen noch nicht einmal ganz beendeten zweiten Roman zu kaufen."

„Ich gratuliere," sagt Anatol und reicht dem jungen Literaten die Hand. „Es freut mich sehr —"

Armand faßt mit wichtiger Miene zwei Finger der dargebotenen Hand und erwiedert:

„Ich bekomme dadurch eine bedeutende gesellschaftliche Stellung. Sie werden jetzt einsehen, mein Kleiner, daß die reizende Adeline von Barvillier keinen Andern wählen wird, als mich."

„O gewiß," antwortet Anatol mit einem Seufzer. „Gehen Sie diesen Abend hin?"

„Ja. Es freut mich, daß mein Erfolg im Publicum bereits bekannt ist; man muß in Gesellschaften schon davon sprechen. — Ich werde Sie um sechs Uhr abholen — und nach Tische gehen wir zu Madame Belleval."

Anatol will eben fortgehen, als die Thür aufgeht und ein dicker, noch ziemlich junger und gut aussehender Papa erscheint.

„Guten Morgen, Herr Bouquinard," sagt der Eintretende mit einer höflichen Verbeugung. „Ich glaube, daß Sie mich kennen. Ich bin der Buchhändler Bidot."

„Ja wohl, Herr Bidot, ich habe zuweilen das Ver=
gnügen gehabt, Sie zu sehen."

„Sie haben einen Roman in vier Bänden geschrie=
ben? „Adolphine" ist der Titel, wenn ich nicht irre. Das
Buch soll sehr hübsch sein, ich habe es nicht gelesen. Aber
Sie werden vermuthlich an einem andern Romane ar=
beiten?"

„Ja wohl."

„Ebenfalls vierbändig?"

„Ja, ebenfalls vierbändig."

„Nun, wenn Sie wollen, kaufe ich das Manuscript.
Ich biete Ihnen zwölfhundert Francs; wenn es Ihnen
recht ist, können wir sogleich einen kleinen Vertrag ab=
schließen. Ich zahle Ihnen sogleich sechshundert Francs
und den Rest bei Ablieferung des Romans."

Armand erblaßt, er ist wie vom Donner gerührt. Er
sucht sich indeß zu fassen und antwortet dem Buchhändler:

„Herr Bidot, wenn Sie eine halbe Stunde früher
gekommen wären, so würde ich wahrscheinlich ein Geschäft
mit Ihnen gemacht haben; aber mein Vater ist so eben fort=
gegangen, und ich habe ihm meinen neuen Roman ver=
kauft. Er hat sogar die ersten drei Bände schon mitge=
nommen."

„Nun, wenn Sie ihn schon verkauft haben, so kann
keine Rede mehr davon sein. Wir können später vielleicht
ein anderes Geschäft machen. Ich werde dann früher kom=
men. — Meine Herren, ich wünsche Ihnen einen guten
Morgen. Auf Wiedersehen!"

Als Herr Bidot fort ist, schlägt sich Armand an die
Stirn und sagt sehr verdrießlich:

„Diesen Verlust habe ich meinem Vater zu danken!
— Er ist ein schlauer Fuchs, mit dem ich's noch nicht auf=
nehmen kann."

II.

Erste Hermine.

Anatol verläßt den jungen Literaten. Unterwegs
denkt er über den Auftritt nach, dessen Zeuge er gewesen
ist. Er kann nicht begreifen, wie ein Vater seinen Sohn
übervortheilen mag, und wie ein Sohn denken kann, daß
sein Vater ein gutes Geschäft auf seine Kosten zu machen
suche. Alles dies gibt ihm keineswegs einen vortheilhaften
Begriff von den Pariser Familienverhältnissen.

Als der junge Desforgeray eben nach Hause gekommen
ist, wird an seine Thür geklopft und gleich darauf erscheint
Victor mit einem jungen Frauenzimmer von ziemlich zwei=
deutiger Haltung und in sonderbarer, halb altmodischer,
halb moderner Kleidung.

Das wollene Kleid dieser jungen Person ist sehr ein=
fach und bereits etwas fadenscheinig; über demselben aber
trägt sie einen ganz neuen kleinen Shawl; der Hut ist
neu und nach der Mode; die Fußbekleidung läßt viel zu
wünschen übrig, was bei einer Schuhstepperin doppelt
auffallend ist.

Ihr Gesicht ist weder hübsch noch häßlich; aber man
sieht, daß sie absichtlich die Augen niederschlägt und eine

unschuldige, unbefangene Miene anzunehmen sucht; daher
ist sie linkisch und unbeholfen in ihren Bewegungen. Sie
erscheint am Arme Victors, dessen Anstand mehr als jemals renommistisch ist.

»Da sind wir, lieber Anatol,« sagt er eintretend.
»Ich bringe Ihnen die arme Hermine. Sie hat sich sehr
schwer überreden lassen, mich zu begleiten und Sie zu besuchen. Sie ist gar sittsam und schüchtern. Ich mochte ihr
immerhin betheuern: Es ist ja Ihr Cousin, dem ich Sie
vorstellen will, — sie glaubte, es sei nur ein schlechter
Spaß, um ihr eine Falle zu stellen. Am Ende mußte ich
böse werden und ihr tüchtig den Text über ihre Albernheit
lesen. Endlich habe ich sie beredet, mich zu begleiten und
ihren Cousin zu sehen. Denn sie ist Ihre Cousine, ich kann's
nicht bezweifeln. — Treten Sie näher, junge Hermine, und
begrüßen Sie Ihren Cousin; Sie sehen, daß er ein sehr
hübscher junger Mann ist und daß er gar nicht aussieht,
als ob er Sie fressen wollte.«

Die Demoiselle macht einen einstudirten Knix. Anatol,
der fast ebenso verlegen ist wie sie, bietet ihr einen Fauteuil vor dem Caminfeuer und sagt zu ihr:

»Belieben Sie Platz zu nehmen, Mademoiselle!«

Sie beginnt nun in einem Athem, wie ein Kind, das
seine Lection hersagt:

»Lieber Cousin, es freut mich sehr, daß ich das Glück
habe, meine mir stets theuren Angehörigen wiederzufinden, von denen mich die unglücklichen Schicksale meiner
Mutter so lange getrennt hatten. Glauben Sie, daß ich
Alles aufbieten werde, die Güte dieser Familie, welche
mir die Arme öffnet und — mir die Arme —«

Die Schuhstepperin stockt, ihr Gedächtniß läßt sie im Stich. Sie sieht ihren Begleiter an, als ob sie Souffleur= dienste von ihm erwartete. Victor, der hinter Anatols Stuhl steht, um von ihm nicht gesehen zu werden, hat dem Mädchen soeben einen Wink gegeben, nicht so schnell zu sprechen, und als sie stockt, wirft er ihr einen grimmigen Blick zu; aber um Albernheiten zu verhüten, ruft er ihr zu:

»Genug, mein Kind, genug! — Ihr Cousin zweifelt nicht an Ihrer Dankbarkeit.«

»Wie, schon genug?« antwortet Hermine. »Sie haben mir ja weit mehr vorgesagt — es fällt mir nur nicht gleich ein.«

»Sie hören ja, daß Ihr Cousin so gütig ist, Ihnen jede weitere Anrede zu erlassen!« ruft ihr Victor zu.

Hermine, durch seine grimmigen Blicke eingeschüchtert, schlägt die Augen nieder und murrt für sich: »Es war nicht der Mühe werth, mich so mit Auswendiglernen zu plagen!«

Victor, der sich inzwischen vor seinen Schützling ge= stellt hat, sagt zu Anatol:

»Sie müssen sie entschuldigen; sie ist sehr schüch= tern. Sie wollte nicht hierherkommen, weil sie meinte, sie wisse nicht, was sie zu ihrem Cousin sagen solle. Ich sagte ihr also, auf welche Art sie sich bei Ihnen einzuführen habe. — Es ist übrigens ein recht artiges Mädchen, nicht wahr?«

»Ja, sie ist nicht übel. — Aber erlauben Sie, daß ich ihr einige Fragen vorlege. Es ist mir lieber, daß sie aus freien Stücken redet, statt etwas Einstudirtes herzusagen.«

»Fragen Sie nur, lieber Anatol.«

Der große Victor wendet sich zu Herminen und flüstert ihr zu:

»Jetzt Achtung!«

Dann stellt er sich wieder hinter Anatol. — Dieser betrachtet seine angebliche Cousine eine kleine Weile und fragt sie mit sanftem Tone:

»Mademoiselle, es ist schon lange, daß Sie Ihre arme Mutter verloren haben?«

»Fünfzehn Jahre, Cousin,« antwortet die Schuh= stepperin hastig und sieht dann Victor an, als hätte sie sa= gen wollen: Dieses Mal habe ich mich nicht geirrt.

»Fünfzehn Jahre,« setzt Victor hinzu. »Ist das nicht die Zeit, wo Ihre Frau Großmutter die letzte Nachricht von der Cousine Angelina erhalten hat?«

»Was? Davon haben Sie mir nichts gesagt!« erwie= dert Hermine ganz verblüfft.

Der lange Victor aber gibt ihr einen Wink und sagt:

»Liebes Kind, jetzt spreche ich nicht mit Ihnen, son= dern mit Ihrem Cousin.«

»Ja wohl,« erwiedert Anatol, »von jener Zeit an hat meine Großmutter keine Antwort mehr auf ihre Briefe erhalten. — Und Ihre Mutter hieß Angelina?«

»Angelina Desforgeray, geboren zu Montpellier, und hier nannte sie sich Madame Clémandon.«

Diesen Worten folgt wieder ein Blick auf den langen Victor, der beifällig nickt und zu Anatol sagt:

»Ich glaube, daß Sie nicht mehr zweifeln können und daß diese Hermine wirklich die Cousine ist, welche Sie su=

chen. Sie können ihr ohne Bedenken die ihr gebührenden hundertsiebzigtausend Francs aufzählen.«

»Glauben Sie denn, ich hätte diese Summe in der Tasche?« antwortet Anatol lächelnd.

»Nein, aber Sie können ja schreiben, daß man Ihnen das Geld schicke. Dieses junge Mädchen ist seit ihrer Kindheit in Noth, es wäre nicht recht, sie länger darben zu lassen.«

»Erlauben Sie, daß ich ihr noch einige Fragen vorlege.«

»Mich dünkt, sie kann Ihnen nicht klarer und deutlicher antworten, als sie schon gethan.«

»Aber ich habe sie noch um andere Dinge zu fragen. Was liegt Ihnen denn daran?«

»Mir gar nichts. Aber das Mädchen ist so schüchtern, daß sie in Verlegenheit kommen wird, wenn sie zu viel gefragt wird.«

Anatol gibt dem langen Victor keine Antwort mehr; er rückt der Schuhstepperin näher und sagt zu ihr:

»Ihre Mama muß Ihnen Briefe von meiner Großmutter hinterlassen haben, nicht wahr?«

»Was! Briefe — was für Briefe? — Monsieur Victor, Sie haben mir von Briefen gar nichts gesagt.«

Victor erwiedert verdrießlich:

»Ich konnte Ihnen nichts von Dingen sagen, die mir selbst nicht bekannt waren. Wenn Sie keine Briefe haben, so sagen Sie es, und die Sache ist abgethan.«

»Ich frage Sie, Mademoiselle,« fügt Anatol hinzu, »ob Sie die Briefe haben, welche meine Großmama an

Ihre arme Mutter geschrieben, und welche von dieser im=
mer sehr pünktlich beantwortet wurden?«

»Das ist ja nicht möglich, meine Mutter konnte we=
der lesen noch schreiben!«

»Jetzt weiß sie nicht mehr was sie spricht!« sagt Vic=
tor, zornig mit dem Fuße stampfend. »Lieber kleiner
Anatol, nehmen Sie mir's nicht übel: Sie richten recht
unsinnige Fragen an das arme Kind! — Diese Kleine ist
mit vier Jahren gestorben — ich meine, sie war vier Jahre
alt, als ihre Mutter starb, und Sie glauben, daß sie sich
um den Briefwechsel ihrer Mutter mit ihrer Großmama
gekümmert, daß sie Papiere, deren Wichtigkeit sie nicht
ahnen konnte, aufbewahrt habe! Warum fragen Sie sie
nicht auch, wer damals in Rußland geherrscht! — Nicht
wahr, Hermine, Sie haben keine Briefe? Ihre Mutter
wird sie verloren, verbrannt, zerrissen haben; — so ist es,
und sie mochte es Ihnen nicht sogleich gestehen.«

»Aber sie behauptet, ihre Mutter habe weder lesen
noch schreiben können. Dann wäre es also nicht —«

»Nicht wahr, Hermine, Sie meinten Ihre Pflege=
mutter?« fragt Victor und sieht das Mädchen zornig an.
»Es war Ihre Amme?«

»Ja, ja, es war meine Amme!« stammelt das Mäd=
chen erschrocken; »sie sagte es mir, während sie mir die
Brust gab.«

Anatol scheint noch nicht überzeugt zu sein. Er wen=
det sich indeß wieder an Hermine und fragt sie in sehr
freundlichem Tone:

»Und das Porträt? Das zerreißt man doch nicht.
Ich hoffe, daß Sie es aufbewahrt haben?«

„Das Porträt! Davon hat mir Herr Victor auch nichts gesagt. — Sagen Sie, Herr Victor, muß ich für das Porträt auch antworten?"

Victor geht mit starken Schritten im Zimmer auf und ab.

„Was weiß ich davon," sagt er zornig. „Ich verstehe es nicht; Ihr Vetter fragt jetzt nach Briefen und Porträts, von denen er vorher kein Wort gesagt hat!"

„Ich frage nach dem Porträt meiner Großmutter, welches diese meiner Cousine Angelina zugeschickt hatte. Angelina hat es ihrem Töchterlein gewiß oft zum Küssen gereicht. Ein vierjähriges Kind ist schon verständig genug, um es im Gedächtniß zu behalten. — Sie müssen sich dieses Bildes noch erinnern, Mademoiselle. Was ist daraus geworden?"

Hermine schlägt die Augen nieder, preßt den Mund zusammen und fängt an zu weinen.

„Mein Gott, ich habe Ihr Porträt nicht," antwortet sie; „ich habe es nicht aufbewahrt, ich weiß nicht was Sie meinen. Hi, hi, hi! — Ich halte es nicht mehr aus! Wenn mich Herr Victor hiehergeführt hat, um mich zu quälen, so mag er gehen sammt den fünfzehntausend Francs, die er mir versprochen. Ich hätte mich gar nicht beschwatzen lassen sollen, denn ich weiß wohl, daß er ein Prahler, ein Windmacher ist, der die Leute nur zum Narren hat. Die Andern im Magazin sagten mir's wohl: Siehst Du denn nicht, daß er nur einen Spaß mit Dir machen will? Du kannst lange warten auf deine fünfzehntausend Francs!"

„Ta, ta, ta, sie faselt, sie spricht Unsinn!" eifert

Victor, der sich vergebens abgemüht hat, die Schuhsteppe=
rin durch Winke zum Schweigen zu bringen. Lieber Anatol,
ich hatte es Ihnen im voraus gesagt, aber Sie wollten mich
nicht anhören: Ihre junge Cousine hat einen schwachen
Kopf; die Nachricht, daß sie die Erbin eines großen Ver=
mögens sei, hat ihr den Kopf schon etwas verdreht. Jetzt
sagt sie gar, ich hätte ihr fünfzehntausend Francs ver=
sprochen. Nein, hundertsiebzigtausend Francs habe ich
Ihnen in Aussicht gestellt. Hören Sie wohl, Kleine,
hundertsiebzigtausend und nicht fünfzehntausend!«

»Das ist nicht wahr! Sie sind ein Lügner.«

»Die arme Kleine ist wirklich zu sehr ergriffen. Es
ist nicht zu verwundern: plötzlich reich zu werden, wenn
man immer in Noth und Elend gelebt hat! Dabei kann nicht
Jedermann gelassen bleiben.«

»Aber das Porträt meiner Großmutter? entgegnet
Anatol, der an der Identität seiner Cousine zu zweifeln
beginnt.

»Lieber Freund, Sie sind fürchterlich mit Ihren
Fragen! Wie können Sie erwarten, daß ein vierjähriges
Kind das Bild einer alten Frau, die es nicht kannte,
aufbewahrt habe! Die Kleine wird damit gespielt und das
Bild zerbrochen haben, wie die Kinder Alles was sie be=
rühren, zu zerbrechen pflegen. Nicht wahr, Hermine, so ist's
gekommen?«

»Lassen Sie mich in Ruhe, ich will nichts mehr hören.
Ich will wieder in mein Magazin gehen; man wird mich
auszanken, weil ich so lange ausgeblieben bin.«

»Ja, Sie haben Recht, Sie müssen gehen. Ich will
Sie nach Hause begleiten. Aber beruhigen Sie sich, arme

Waise, ich werde Ihnen zu Ihrem rechtmäßigen Erbtheil verhelfen. Ihr Vetter wird schreiben, daß man es Ihnen schicke; nicht wahr, Anatol?«

»Erlauben Sie, Hippolyt und Armand wollen mir auch eine sogenannte Cousine zuführen. Bevor ich mich entscheide, muß ich die andern sehen.«

»Das ist sehr schön von Ihnen. So beweisen Sie mir also Ihr Vertrauen! Ich danke Ihnen, lieber Freund, ich werde mich dieses Benehmens erinnern. — Kommen Sie, Hermine. Wenn Ihr Vetter Ihnen Ihr Erbtheil vorenthält, so werde ich Ihnen dazu verhelfen. — Kommen Sie, Kleine, und weinen Sie nicht mehr. Ich nehme Sie in meinen Schutz, und das muß Ihnen genügen.«

Victor entfernt sich mit der sogenannten Hermine. Sobald sie auf der Straße sind, beginnt er seine Strafpredigt:

»Meine liebe Titine, Sie sind eine dumme Gans! Statt die Lectionen, die ich Ihnen gegeben und hundertmal eingetrichtert hatte, zu Ihrem Vortheil zu benützen, haben Sie nichts als Albernheiten gesagt und gethan! Sie haben geschwatzt wie eine Elster; Sie haben gesagt, Ihre Mutter habe weder lesen noch schreiben können; gehört das etwa zu der Rolle, die ich Ihnen einstudirt? — Jetzt bürge ich nicht mehr für das Gelingen, und ich fürchte, daß ich das Geld für den Hut und das Umhängtuch weggeworfen!«

»O, Sie hatten mir schon lange etwas versprochen,« erwiedert die angebliche Hermine; »das konnten Sie mir wohl schenken. — Adieu, Sie gehen zu langsam — ich habe keine Zeit, ich muß in's Magazin.«

Die Schuhstepperin verläßt den Arm des langen Victor und läuft davon. Er schaut ihr nach und sagt verdrießlich:

»Wahrhaftig, die Mädchen taugen nur zum Essen, Trinken und Lieben.«

IV.

Liebe und Eigenliebe.

Anatol war ganz erstaunt über die fast drohende Haltung, mit der sich Victor entfernt hatte. Er kann nicht begreifen, warum sein Freund so erzürnt ist über seine Zweifel und Bedenken. Hatte ihm doch die angebliche Hermine gesagt, ihre Mutter habe weder lesen noch schreiben können, und überdies war sie so befangen, so ungeschickt in ihren Antworten gewesen. Hätte er nicht so großes Vertrauen zu der Freundschaft, welche ihm die Trüffelbrüder geschworen, so würde er großen Verdacht haben; aber er ist zu aufrichtig und ehrlich, als daß er solche Gedanken hätte hegen können, er weist den sich aufdrängenden Argwohn vielmehr entschieden zurück.

Mitten in seinen Grübeleien wird er durch Boudinet überrascht. Der Dicke kommt mit seinem jovialen Gesichte und stets geschäftigen Wesen und begrüßt Anatol mit einem derben Händedruck.

· »Lieber Freund,« sagt er, »wir haben ein Prositchen gemacht. Ich wußte es wohl. Wenn Sie meinen Rath befolgt hätten und nicht so zaghaft gewesen wären, so wäre es der Mühe werth gewesen; so aber haben wir nur eine Kleinigkeit gewonnen.«

»Ich hatte unsere Börsenoperation ganz vergessen. Also ein gutes Resultat?«

»Wir haben zehn Actien zu vierhundertfünfundzwanzig Francs gekauft; sie sind gestiegen, ich habe sie zu vierhundertfünfundfünfzig verkaufen lassen, folglich haben wir dreißig Francs an jeder Actie gewonnen; wir haben zehn Stück, also dreihundert Francs Nutzen. Die Berechnung ist sehr einfach; ein Kind könnte sie machen.«

»Nun, es ist recht hübsch. Sie bringen mir also die mir zukommende Hälfte, hundertfünfzig Francs —«

»O nein, eine solche Kleinigkeit würde ich Ihnen nicht bringen. Wenn die Summe der Mühe werth ist, werde ich nicht ermangeln. — Ja, ja, es ist Ihre Schuld, daß wir einen so unbedeutenden Nutzen haben. Wenn wir hundert Actien gekauft hätten, würden wir natürlich dreitausend Francs zu theilen haben.«

»Das leuchtet mir vollkommen ein. Aber wenn die Actien gefallen wären?«

»Wer mit mir gemeinschaftlich etwas unternimmt, hat nichts zu fürchten; ich kenne die Platzverhältnisse sehr genau. Heute werden Sie hoffentlich mehr Vertrauen haben. Schreiben Sie unserm Wechselagenten —«

»Wollen wir eine andere Operation machen?«

»Natürlich! wir werden doch nach einem Gewinne von hundert Thalern die Geschäfte nicht aufgeben! Wir müssen hunderttausend Thaler herausschlagen —«

»O, wie ehrgeizig sind Sie! Ich bin's nicht.«

»Da haben Sie Unrecht; man muß ehrgeizig sein, sonst kommt man zu nichts.«

»Aber wenn man Alles hat, was man wünscht, braucht man keinen Ehrgeiz.«

»Hat man denn jemals, was man wünscht? Nein, Theuerster, selbst Millionäre haben Wünsche. — Schreiben Sie. Dieses Mal müssen wir Nordbahu kaufen, sie sind seit einiger Zeit bedeutend gefallen und werden sehr bald wieder steigen. Lassen Sie hundert Nordbahnactien für Ende dieses Monats kaufen —«

»Hundert! Nein, das ist zu viel. Wenn die Actien fallen, so müssen wir die Differenz bezahlen. Sie sehen, daß ich bereits einige Einsicht in die Geschäfte habe.«

»Ja, und Sie sind immer noch so zaghaft.«

»Man muß sich nicht übereilen. Ich will fünfzig kaufen lassen; das scheint mir schon viel gewagt.«

»Ich sage Ihnen, daß ich für Alles stehe.«

Aber troß den Gegenvorstellungen Boudinet's beauftragt Anatol den Wechselagenten nur mit dem Ankauf von fünfzig Actien. Boudinet nimmt den Brief und murrt:

»Wenn Sie immer so zaghaft sind, so werden wir nie große Geschäfte machen!«

»Warum schreiben Sie denn nicht selbst? Sie können ja so viel kaufen lassen, wie Sie wollen. Zerreißen Sie diesen Brief und schreiben Sie einen andern.«

Aber Boudinet zerreißt den Brief nicht, er steckt ihn in die Tasche und antwortet:

»Wir wollen's nur so lassen, da der Brief nun einmal geschrieben ist. Aber bei der nächsten Operation wer-

den Sie hoffentlich meinen Rath befolgen. — Adieu,
Kleiner, ich werde Ihren Brief auf die Post geben.«

»Sagen Sie mir wenigstens, wie die Nordbahn=
actien heute stehen?«

»Neunhundert Francs; sie werden auf tausend stei=
gen, und dann verkaufen wir. — Adieu, auf baldiges
Wiedersehen!«

Boudinet geht fort. Anatol fragt sich, ob sein Ver=
trauen zu dem dicken Freunde wohl gerechtfertigt sei; aber
der Gedanke, daß er Abends die reizende Adeline von Bar=
villier wiedersehen wird, nimmt seine Geistesthätigkeit
bald dergestalt in Anspruch, daß er die Börsenoperation
vergißt.

Armand Bouquinard findet sich pünktlich um sechs
Uhr ein; wenn ein Diner in Aussicht steht, sind die
Trüffelbrüder äußerst pünktlich. — Bei Tische spricht der
junge Desforgeray von dem Besuche Victors und der
Schuhstepperin, die dieser für seine Cousine ausgegeben,
und erzählt seinem Tischgenossen Alles, was das Mädchen
gesprochen.

Armand hört mit der größten Aufmerksamkeit zu,
insbesondere scheint er Alles, was sich auf die Briefe und
das Porträt bezieht, mit Vergnügen zu vernehmen.

»Das ist abscheulich!« erwiedert er entrüstet. »Es
ist schändlich, Sie so zu hintergehen! wahrhaftig, es ist
unverzeihlich. Es ist eine Intrigue, die Victor ersonnen
hat, um Ihnen hundertsiebzigtausend Francs zu ent=
locken, von denen er dem armen Mädchen nur fünfzehn=
tausend gegeben haben würde. Das ist sonnenklar!«

»Nein, das kann ich nicht glauben, es wäre ja fast

ein Diebstahl. Können Sie denn unsern Freund Victor einer solchen Niedertracht fähig halten? Kann er sich nicht selbst geirrt haben und das junge Mädchen wirklich für die Person halten, die ich suche?«

»Allerdings, es wäre immerhin möglich. Um Ihnen gefällig zu sein, könnte man sich selbst irren. So habe ich Ihnen ebenfalls gesagt, daß ich ein Fräulein Namens Hermine kenne, und daß das Zusammentreffen vieler Umstände in mir die Ueberzeugung geweckt hat, daß sie wirklich Ihre Cousine ist. Wenn Sie aber anderer Meinung sind, wenn Sie den Beweis beibringen können, daß ich mich geirrt, so lassen wir die Sache auf sich beruhen, und ich kann mir keinen Vorwurf machen, daß ich versucht, Ihnen einen Freundschaftsdienst zu erweisen.«

»Das ist wahr, und ich würde Ihnen ebenfalls Dank schuldig sein; aber warum sollte es mit Victor nicht der= selbe Fall sein?«

»Weil das Mädchen, das er Ihnen zugeführt, sich mehrere Male verrathen hat; weil das ganze Benehmen dieser angeblichen Hermine Ihnen beweisen mußte, daß sie eine Lection gelernt, eine Rolle einstudirt, aber sehr schlecht behalten hatte. Und Victor ist zu schlau und hat zu viel Geist — denn Geist hat er, das ist nicht zu läugnen; aber leider braucht er seinen Mutterwitz nur zu Windbeuteleien und Lügen. Er würde sich gewiß nicht betrügen lassen durch ein Gänschen, das nicht einmal eine einstudirte Rolle spielen kann; er ist also auf den Gedanken gekommen, Ihnen diese sogenannte Cousine aufzudisputiren. Und das finde ich gar nicht freundschaftlich. — Die Hermine, welche ich kenne, ist noch unpäßlich, wie ich glaube; ich habe übrigens nicht Zeit gehabt sie zu besuchen, und jetzt werde ich noch mehr beschäftigt sein als je. Wenn man einmal Erfolg hat, muß man die günstige Stimmung des Publicums benutzen. Mein Vater hat mir einen Streich gespielt — aber ich werde es ihm entgelten lassen. Von jetzt an werden mich alle Buchhändler bestürmen. Sie haben Bidot bei mir gesehen; er ist einer unserer ersten Verleger; viele andere werden ihm nachfolgen. Ich werde den an meinen Vater verkauften Roman rasch beenden. Verkauft! ich sollte sagen: verschenkt! Dann schreibe ich sogleich einen andern, für den ich fordern kann, was ich will. Jetzt habe ich gewonnenes Spiel, ich bin in der Gunst des Publicums.«

Der junge Literat spricht bei Tische nur von seinen Romanen. Vergebens sucht Anatol das Gespräch auf die Abendgesellschaft bei Madame Belleval zu lenken, Armand hört nicht und spricht unaufhörlich von seiner künftigen Berühmtheit.

Die beiden Freunde verlassen das Speisehaus und gehen im Palais-Royal spazieren. Armand spricht von dem Plane zu einem neuen Roman. Auch im Kaffeehause muß der junge Desforgeray ein paar andere Entwürfe anhören. Von Zeit zu Zeit erlaubt er sich die Frage:

»Gehen wir denn nicht zu Madame Belleval?«

»Nicht so früh! Man muß später kommen als Andere, das macht mehr Effect. Wo war ich in meinem Plane stehen geblieben? Ich muß wirklich wieder anfangen.«

Der arme Anatol muß noch drei Viertelstunden diese Qual erdulden. Er nimmt sich vor, künftig allein zu Madame Belleval zu gehen und nicht auf den jungen Literaten zu warten.

Im Salon bei Madame Belleval ist eine zahlreiche Gesellschaft versammelt. Die Dame vom Hause empfängt die beiden jungen Leute mit ihrer gewohnten Freundlichkeit; sie macht Anatol sogar Vorwürfe, daß er seinen Freund vor acht Tagen nicht begleitet.

Anatol ist im Begriffe, ihr zu antworten: »Ach, wenn er mir gesagt hätte, daß er zu Ihnen gehe!« Aber er hält diese ihm auf der Zunge schwebenden Worte zurück; er bedenkt, daß man nicht Alles sagen darf, was man denkt. Die Dame würde ihm geantwortet haben: »Ich hatte Sie ja persönlich eingeladen, Sie bedurften der Begleitung Ihres Freundes nicht.« Und er mochte nicht merken lassen, daß er es noch nicht wagte, allein in einem Salon zu erscheinen.

Anatol besaß indeß seine Weltsitte, denn in Montpellier war er mit seiner Großmutter oft in Abendgesellschaften gegangen. Warum ist er denn so schüchtern geworden, wenn es sich um den Besuch dieser Abendgesellschaft handelt? Warum fühlt er sich jetzt sogar noch befangener als das erste Mal? Weil ein ganz neues Gefühl von seinem Herzen Besitz genommen, weil er beim Eintritt in den Salon sogleich das Fräulein von Barvillier bemerkt und zugleich Freude und Bangigkeit empfunden hat. Und dieser Anblick hat einen so heftigen Eindruck auf ihn gemacht, daß seine Knie gewankt haben und eine dunkle Röthe sein Gesicht bedeckt hat.

Als die Dame vom Hause ihn verlassen hat, um mit anderen Personen zu sprechen, weiß er nicht mehr, was er anfangen, wohin er sich wenden soll, obgleich er sehr gut weiß, wo er Platz nehmen möchte. Die Befangenheit

junger Leute wird dadurch noch vermehrt, daß sie sich ein=
bilden, alle Augen seien auf sie gerichtet und man spotte
ihrer Verlegenheit, obschon man sich gemeiniglich gar nicht
um sie kümmert.

Armand hatte mit einer abgeblühten, aber noch sehr
gefallsüchtigen Dame, die in dem Rufe eines Blaustrumpfs
stand, ein Gespräch über Literatur angeknüpft. Diese
Dame machte zuweilen Sinngedichte, mit denen sie die Ge=
sellschaft zu regaliren pflegte. Man hätte ihr diese Mühe
gerne erlassen; aber im geselligen Verkehr muß man viele
langweilige Dinge verschlucken und dabei sehr vergnügt
aussehen; es ist daher sehr begreiflich, daß viele Leute
nicht in Gesellschaften gehen.   •

Anatol ist indeß auf Umwegen in die Nähe der
reizenden Adeline gekommen. Er begrüßt sie mit einer
tiefen Verbeugung, welche sie mit einem sehr freundlichen
Lächeln beantwortet. Ja, sie deutet auf einen leeren Stuhl
an ihrer Seite und sagt zu ihm:

»Wollen Sie sich nicht setzen? Die Gesellschaft ist
heute sehr zahlreich, die Plätze sind selten.«

Anatol nimmt schnell den dargebotenen Platz ein, und
er fühlt sich so glücklich an ihrer Seite, daß er nicht weiß,
was er sagen, wie das Gespräch anfangen soll. Glücklicher=
weise überhebt ihn Adeline von Barvillier dieser Mühe.

»Sie sind vor acht Tagen nicht gekommen,« sagt sie;
»Sie haben Ihren Freund Armand Bouquinard nicht
begleitet.«

»Das ist wahr, Mademoiselle, ich wußte nicht, daß
er hierher kommen würde, er hatte mir's nicht gesagt.«

»Aber mich dünkt doch, daß Sie seiner Begleitung nicht bedürfen, um zu Madame Belleval zu kommen.«

»Es ist wahr, diese Dame ist so gütig gewesen, mich einzuladen, aber ich —«

»Vielleicht haben Sie sich das letzte Mal nicht gut unterhalten und hatten daher wenig Lust, wiederzukommen.«

»Verzeihen Sie — es war mein größter Wunsch — ich habe beständig hierher gedacht.«

Anatol sagt das so lebhaft und feurig, daß Adeline unwillkürlich lächelt.

»Sie sind wohl noch nicht lange in Paris?« fragt sie nach einer kurzen Pause.

»Nein, noch nicht sehr lange.«

»Sie haben bisher in der Provinz gewohnt?«

»Ich bin zu Montpellier geboren, und hatte meine Vaterstadt noch nicht verlassen.«

»Es soll eine sehr hübsche Stadt sein.«

»O ja, sehr hübsch — aber mit Paris nicht zu vergleichen.«

»Wie undankbar doch die Menschen sind! Die Vater=stadt ist hübsch, aber kaum ist man in Paris, so vergißt man sie und sehnt sich nicht mehr nach ihr zurück.«

»O, ich werde nach Montpellier zurückkehren; aber ich weiß noch nicht wann. Es hat auch keine Eile.«

»Sie haben wohl keine Eltern mehr dort?«

»Nein, leider habe ich schon als Kind meine Eltern verloren; ich habe nur noch meine Großmutter, die mich erzogen und Mutterstelle bei mir vertreten hat. Sie hat mich nur sehr ungern nach Paris reisen lassen; sie konnte sich kaum entschließen, sich von mir zu trennen.«

„Warum ist sie denn nicht mit Ihnen nach Paris gekommen?"

„In ihrem Alter liebt man die Bequemlichkeit; man reist nicht mehr gern, man hängt an den täglichen Gewohnheiten und Freuden. Wenn man jung ist, findet man es langweilig; für alte Leute ist es ein Bedürfniß. Ein Wechsel der Lebensweise, der Wohnung, des Klimas kann in späteren Jahren sehr nachtheilig werden. Meine Großmama hat recht gethan, in Montpellier zu bleiben."

Adeline schien Anatol mit Vergnügen zuzuhören; sie bemerkte, daß er sich ungemein gut ausdrücke, sobald er seine Schüchternheit bezwungen hatte. — Nach einer kurzen Pause erwiedert sie:

„Außer Ihrer Großmutter haben Sie also keine Verwandten?"

„Nein — ja doch, ich habe noch eine Cousine."

„So, sie wohnt auch in Montpellier?

„Nein, sie wohnt in Paris — wenigstens glaube ich es."

„Sie wissen's nicht gewiß?"

„Nein, aber ich hoffe bald Gewißheit zu bekommen."

„Dann wird man Ihnen die Adresse geben?"

„Das wohl nicht — aber man wird eine Zusammenkunft veranstalten — und dann —"

Das Gespräch wird durch Armand unterbrochen, der sich von dem Blaustrumpf entfernt und nach dem Fräulein von Barvillier umgesehen hat. Sobald der junge Literat bemerkt, daß Adeline mit Anatol spricht, eilt er auf sie zu, verneigt sich vor dem schönen Mädchen und sagt zu Anatol in einem fast anmaßenden Tone:

»Lieber Freund, räumen Sie mir Ihren Platz ein; er ist so angenehm, daß ich Sie darum beneide. Ich zweifle keineswegs, daß Sie Ihrer schönen Nachbarin sehr geistreiche Dinge gesagt haben, aber Sie werden mir erlauben, ebenfalls an die Reihe zu kommen. Ich werde vielleicht nicht so geistreich sein wie Sie; aber das Fräulein von Barvillier ist so gütig, daß sie mir verzeihen und mich nehmen wird wie ich bin.«

Anatol weiß nicht was er thun soll; sich von Adelinen zu entfernen, scheint ihm sehr unangenehm; aber er denkt an die vertraulichen Mittheilungen, die ihm Armand gemacht, an die Absichten und Aussichten seines Freundes, und er denkt, die schöne Adeline würde ihm vielleicht zürnen, wenn er sich weigerte, dem jungen Literaten, der sich ja Hoffnungen auf ihre Hand macht, seinen Platz abzutreten. Er steht seufzend auf und stammelt:

»Nur Ihnen zu gefallen verzichte ich auf das Vergnügen, das Gespräch mit Mademoiselle fortzusetzen.«

»Ei, ich glaube, er wird galant!« spottet Armand und setzt sich auf den soeben von Anatol verlassenen Platz. »Wahrhaftig, Mademoiselle, Sie thun Wunder!«

»Wie so?« erwiedert Adeline sehr ernst und kalt.

»Weil Sie geistlose Menschen geistreich machen.«

»Wen meinen Sie damit?«

»Natürlich den kleinen Desforgeray, der mit Ihnen gesprochen und Sie gewiß ungeheuer gelangweilt hat, denn er ist nicht fähig, über eine Sache vernünftig zu urtheilen. Sie werden gestehen, daß ich Ihnen durch seine Beseitigung einen großen Dienst erwiesen habe. Was für eine Belohnung bekomme ich dafür?«

»Ich finde nicht, daß Ihr Benehmen eine Belohnung
verdiene, Herr Bouquinard; Sie haben mir dadurch, daß
Sie den Platz Ihres Freundes eingenommen, durchaus
keinen Dienst erwiesen. Ich bin weit entfernt, Ihre
Meinung über ihn zu theilen; Sie halten ihn für geistlos,
ich finde ihn sehr liebenswürdig. — Sie sehen, wie schlecht
ich urtheile; denn ich habe zuweilen Personen, die für geist=
reich gehalten werden, langweilig und anmaßend gefunden.«

Armand beißt sich in die Lippen; aber er will seinen
Aerger nicht merken lassen und erwiedert mit gezwungenem
Lachen: »Sie sind recht boshaft diesen Abend! Sie wollen
sich gewiß an mir rächen für die Langweile, die Ihnen
Anatol gemacht! — Ha, ha, ich hab's errathen! —
Apropos, Sie wissen, daß mein Roman: »Adolphine« un=
geheuren Beifall gefunden. Man reißt sich um das Buch —
in den Leihbibliotheken ist es selten zu haben — es ist
schon die vierte Auflage erschienen.«

»Es freut mich um Ihretwillen, Herr Bouquinard.«

»Hören Sie nur, es kommt noch besser. Ich habe
meinen zweiten Roman schon verkauft, bevor er ganz been=
det ist. Ich habe zehntausend Francs bekommen. Er führt
den Titel: »Die Kinder des Ackermannes.« Der Titel ist
hübsch, nicht wahr?«

»Es scheint so; ich bin übrigens nicht fähig, darüber
zu urtheilen. Sie wissen, daß Mädchen keine Romane
lesen.«

»Oder vielmehr sie gestehen's nicht, wenn sie welche
lesen. Und das ist keineswegs gleich. — Kurz, mein
Name ist jetzt im Publicum bekannt. Ich werde dann
mehrere Feuilletonromane herausgeben; diese werden Sie

doch lesen, denn was in den Zeitungen steht, dürfen junge Mädchen lesen. — Auf welche Zeitung ist Ihr Herr Vater abonnirt? Ich werde dieselbe zur Veröffentlichung meiner Romane wählen; denn es liegt mir sehr viel daran, von Ihnen gelesen zu werden.«

»Mein Vater hält viele Zeitungen; aber ich kenne nicht einmal die Namen derselben, denn ich lese keine, ich finde die Zeitungslecture gar nicht unterhaltend.«

Ehe Armand Zeit hat zu antworten, kommt die Dame vom Hause und bittet Adeline etwas zu singen, und diese, nicht gewohnt sich zu zieren, begibt sich sogleich ans Piano; sie freut sich dieser Gelegenheit, den jungen Literaten, dessen Gespräch sie zu langweilen scheint, zu verlassen.

»Sie wollen singen — das ist schön!« sagt Anatol, als das Fräulein von Barvillier an ihm vorübergeht.

»Ich möchte lieber tanzen,« antwortet Adeline etwas schmollend. »Aber ich hoffe, daß nachher getanzt wird. — Sie tanzen wohl nicht gern, Herr Desforgeray?«

»Verzeihen Sie, Mademoiselle.«

»Sie haben doch das letzte Mal, als Sie hier waren, nicht getanzt.«

»Ich wagte es nicht. Wenn man in einer Gesellschaft ganz unbekannt ist, so weiß man nicht, welche Dame man auffordern soll.«

»Nun, mich kennen Sie jetzt. Fordern Sie mich auf.«

»Sie erlauben also? Sie nehmen es an?«

»Ja, ja, es bleibt bei der Abrede — wir tanzen den Ersten zusammen.«

Während dieses kurzen Gespräches hatte sich Adeline

ans Piano gesetzt und blätterte in einem Notenheft, als ob sie ein Gesangstück suchen wollte. Dies hinderte sie indeß nicht, einige Worte mit Anatol zu wechseln; junge Mädchen können ja recht gut zwei Dinge zugleich thun.

Adeline singt ein Lied aus einer komischen Oper. Anatol hört ihr mit Entzücken zu; er möchte sie immer singen hören, aber die schöne Sängerin, die keineswegs nach Beifall hascht, steht auf, sobald sie die Arie beendet hat, und eilt zu Madame Belleval.

»Jetzt lassen Sie uns tanzen!« sagt sie schmeichelnd.

»Mit Vergnügen, liebe Freundin; aber der Gesang=lehrer hat noch nicht gesungen —«

»Ach! wenn Sie diesen Herrn ans Piano lassen, so sind wir verloren! Er kann nie ein Ende finden. Er spielt sehr gut und singt nicht übel; aber er scheint sich einzubil=den, man könne nicht müde werden, ihm zuzuhören, denn er steht nicht wieder vom Piano auf, wenn er einmal sitzt. Wahrhaftig, wenn diese Herren wüßten, wie sehr sie uns langweilen, so würden sie weniger Eigendünkel haben und sich nicht so aufdrängen; — und was ich mir zu sagen erlaube, ist die Meinung aller jungen Mädchen.«

»Nun, wenn das ist, so will ich Herrn Desforgeray ersuchen, eine Quadrille zu spielen.«

»O, dieses Mal nicht, Madame! Herr Desforgeray hat mich für den ersten Contretanz engagirt. — Helene hat einen wehen Fuß, sie wird nicht tanzen, sie hat mirs gesagt, und sie wird recht gern spielen.«

»Nun, ich sehe wohl, daß man thun muß, was Sie wollen.«

»Ist es Ihnen unangenehm, Madame?«

»Nein, liebes Kind; aber ersuchen Sie Helene, sich ans Piano zu setzen. Der Musiklehrer soll nicht glauben, daß ich den Tanz vorgeschlagen.«

»Sehr gern, Madame.«

Adeline spricht leise mit ihrer Freundin, die sich sogleich ans Piano setzt und die Einleitung zu einer Quadrille spielt. Die jungen Männer versehen sich mit Tänzerinnen und Armand eilt zu der reizenden Adeline, die ihm antwortet:

»Ich bin engagirt.«

»Wie, schon engagirt!« erwiedert der junge Literat. »Aber mich dünkt doch, daß noch Niemand —«

»Ich sage Ihnen ja, daß ich engagirt bin, folglich sind Sie nicht der Erste, der mich auffordert.«

Armand tritt verdrießlich zurück, aber sein Aerger wird noch größer, als er sieht, daß Adeline von Anatol abgeholt und in die Reihen der Tänzer geführt wird. Er tritt hinter das Paar und sagt höhnisch zu Anatol:

»Sie scheinen im Voraus auf eine Tänzerin bedacht zu sein; vermuthlich fürchteten Sie, gar keine zu bekommen. Aber Sie hätten sich an eine Andere wenden sollen, denn ich pflege mit Mademoiselle Adeline immer die erste Quadrille zu tanzen, und ich hätte beinahe das Recht, Ihren Platz für mich in Anspruch zu nehmen.«

»Dieses Mal, lieber Freund, bin ich keineswegs geneigt, Ihnen meinen Platz abzutreten,« antwortet Anatol lächelnd; »wenn mich Mademoiselle nicht selbst darum ersucht, so werde ich ihn behalten.«

»Sie haben vollkommen Recht,« sagt Adeline; »denn

ich habe Herrn Bouquinard nie das Recht gegeben, sich für meinen bevorzugten Tänzer auszugeben.«

Armand runzelt die Stirn und scheint antworten zu wollen; aber in diesem Augenblicke kommt die Reihe an Anatol und Adeline, und der junge Literat entfernt sich. Als die Tanzfigur zu Ende ist, sagt das Fräulein von Barvillier zu ihrem Cavalier:

»Ich würde Ihnen nie verziehen haben, wenn Sie Ihren Platz an Herrn Bouquinard abgetreten hätten.«

»Ich hatte durchaus keine Lust dazu, Mademoiselle. Ich bin so glücklich, mit Ihnen zu tanzen!«

»Warum haben Sie ihm denn Ihren Platz eingeräumt, als Sie neben mir saßen?«

Anatol ist verlegen.

»Ich versichere,« stammelt er, »daß ich meinen Platz sehr ungern verließ. Ich ließ Armand bei Ihnen sitzen, weil — weil ich glaubte, es würde Ihnen angenehm sein —«

»Was berechtigte Sie zu dieser Vermuthung?«

»Ich bin Ihnen ja fast unbekannt, Mademoiselle; meinen Freund hingegen kennen Sie schon lange — und nach seinen Aeußerungen vermuthe ich —«

»Ich weiß nicht, was Herr Bouquinard zu Ihnen gesagt hat; aber ich habe ihm nie das Recht gegeben, sich so zu benehmen wie diesen Abend. Ich finde das sehr lächerlich. Er ist ein geistreicher junger Mann, er kann recht angenehm sein, wenn er es über sich gewinnt, von seinen Romanen zu schweigen; aber er besitzt einen Eigendünkel, der ihn zuweilen unausstehlich macht. Ich habe auch bemerkt, daß er boshaft ist und seine besten Freunde nicht

verschont. Das hat ihm sehr bei mir geschadet. Ich weiß
wohl, daß witzige, satyrische Menschen mehr Erfolg im
geselligen Leben haben, als nachsichtige Personen; aber
wenn man ihnen auch zur Unterhaltung eine Weile zuhört,
kann man sie doch nicht achten.«

Die Tanzfigur unterbricht wieder das Gespräch der
beiden jungen Leute; als sie wieder rasten, tritt ein Herr
hinter Adeline und sagt lächelnd zu ihr:

»Nun, jetzt bist Du doch recht vergnügt? Du tanzest
ja so gern!«

Das schöne Mädchen faßt eine Hand dieses Herrn
und drückt sie zärtlich.

»Ja wohl, Vater, ich tanze sehr gern,« antwortet
sie; »ist es Dir unangenehm?«

»O nein, es ist ein Vergnügen in deinem Alter —
ich bin im Gegentheil recht wohl damit zufrieden.«

»Lieber Vater, ich tanze mit Herrn Desforgeray, der
aus Montpellier ist.«

Anatol verneigt sich tief vor Herrn von Barvillier,
der ihn mit auffallender Aufmerksamkeit betrachtet. Endlich sagt der alte Herr zu ihm:

»So! Sie sind von Montpellier?«

»Ja. Kennen Sie die Stadt?«

»Nicht sehr genau. Ich bin vor längerer Zeit dort
gewesen. — Sie haben vermuthlich Ihre Verwandten
dort?«

»Ich habe nur noch eine Großmutter.«

»Und wollen Sie Ihren dauernden Aufenthalt in
Paris nehmen?«

»Ich weiß es noch nicht. Aber meine Großmama

müßte sich dann auch zu einer Uebersiedelung entschließen, und das ist nicht wahrscheinlich.«

»Ich habe viel von Ihrer Familie gehört, Herr Desforgeray; ein intimer Freund kannte einen vormaligen Fregattencapitän Desforgeray.«

»Der war mein Großonkel.«

»Er ist todt, wie ich glaube?«

»Ja, er ist schon lange todt.«

»Es wird mich sehr freuen, den Angehörigen einer so geachteten Familie bei mir zu sehen. Hier ist meine Adresse, Herr Desforgeray, Sie müssen uns besuchen.«

»Ich danke Ihnen verbindlichst, Herr von Barvillier; es wird für mich eine Ehre und ein Vergnügen sein.«

»Tanze nur, Adeline; aber ermüde Dich nicht zu sehr.«

Herr von Barvillier entfernt sich mit freundlichem Gruß. — Anatol, der über die erhaltene Einladung eben so erfreut als erstaunt ist, sagt zu seiner Tänzerin:

»Wie gütig Ihr Herr Vater ist!«

»Ja, er ist sehr gut — er hat mich sehr lieb.«

»Ich weiß nicht, womit ich die Ehre verdient habe, Ihnen meine Aufwartung machen zu dürfen.«

»Es ist nicht zu verwundern, er kennt ja Ihre Familie dem Namen nach. — Sie werden uns doch besuchen, nicht wahr?«

»O gewiß, Mademoiselle!«

Der Contretanz ist zu Ende und Anatol führt seine Tänzerin wieder an ihren Platz. Dann geht er zu Armand, der ihn mit zornigen Blicken empfängt und zu ihm sagt:

»Wissen Sie wohl, daß ich Ihr Benehmen sehr un-
artig finde? Ich theile Ihnen meine Absichten auf das
Fräulein von Barvillie rin Vertrauen mit, und Sie scheinen
ihr den Hof machen zu wollen; Sie schleichen sich bei ihr
ein und fordern sie lange vor dem Anfange des Tanzes
auf! Ich bin gewiß nicht eifersüchtig auf Sie — Gott behüte! — Aber die Mädchen sind so kokett! Sie frohlocken,
wenn man sich das Ansehen gibt, als ob man nach ihnen
schmachtete. Adeline treibt diesen Abend Scherz mit Ihnen,
weil sie mich damit zu quälen glaubt.«

»Ich weiß nicht warum diese junge Dame ihren
Scherz mit mir treiben sollte; ich mache ihr nicht den Hof,
aber sie ist sehr liebenswürdig, und es macht mir viel Vergnügen, mit ihr zu sprechen.«

»Ich sage Ihnen, daß Sie in diesem Augenblick von
ihr als Marionette benutzt werden. Ich kenne die Weiber —«

»Wer? Was? Wer kennt die Weiber?« unterbricht
ihn der kleine Herr mit dem Mardergesicht, vor die beiden
jungen Leute tretend. »Die Weiber! Wer lernt sie jemals
kennen! Den schärfsten Menschenkennern steht am Ende der
Verstand still. Origenes nennt das Weib den Schlüssel der
Sünde, die Mutter der Verirrungen und Uebertreterin des
ersten Gesetzes. Der heil. Bernhard nennt es Organum
diaboli. Virgil sagt: Varium et mutabile semper
femina. Tibull hingegen behauptet, die Liebe eines Weibes
eifere zur Tugend an. Voltaire sagt:

> »— Der Himmel schuf die Frauen,
> Den Sauerteig in uns zu mildern,
> Uns zu erheitern, zu erbauen,
> Zu zähmen, daß wir nicht verwildern.«

Und Tertullian — ich erinnere mich nicht mehr, was Tertullian darüber gesagt hat. Aber Sie, junger Literat, müssen es wissen. — Lassen Sie hören, was hat Tertullian über die Frauen gesagt?«

Armand vermag seine Ungeduld kaum zu bezähmen als er Herrn Longchamp antwortet:

»Ei, was kümmert mich Tertullian! Solchen Plunder liest man jetzt nicht mehr.«

»Was, Plunder! Warum soll man denn die alten Autoren nicht lesen? Glauben Sie denn, es sei nichts Gutes mehr aus ihnen zu lernen? — Sie verachten die Alten, junger Mann! Das ist ein Fehler!«

»Ich verachte sie nicht, aber —«

»Aber Sie meinen, wir wären besser als sie. — Apropos, wie ich höre, haben Sie einen Roman geschrieben, der nicht schlecht sein soll.«

»Nicht schlecht! Fürwahr sehr schmeichelhaft!«

»Ich habe ihn nicht gelesen, ich weiß es von einem Freunde. Wenn ich nicht irre, heißt der Titel »Adolphine«.

»Ja, »Adolphine«. Es ist schon die vierte Auflage gedruckt.«

»Ha, ha! wir kennen das mein Lieber! Es ist immer eine und dieselbe Auflage, man ändert nur die Schmutztitel — und die Gimpel lassen sich damit fangen. Ah, das kennen wir!«

Armand hält's nun nicht mehr aus, er entfernt sich zornig von dem kleinen Herrn.

Man spielt eine Polka, dann eine andere Polka, und Anatol, um seinen Freund nicht zu ärgern, fordert das Fräulein von Barvillier nicht mehr auf. Er setzt sich an's Piano.

Aber er bemerkt, daß der junge Literat keinen Theil an dem Tanze nimmt, sondern stolz durch die Salons schreitet.

Die Gesellschaft trennt sich gegen Mitternacht. Armand geht fort, ohne Anatol zu erwarten.

»Es scheint,« sagt dieser zu sich, »daß er mir noch zürnt. Was würde er erst sagen, wenn er wüßte, daß mich Herr von Barvillier eingeladen hat, ihn zu besuchen!«

V.

Zweite Hermine.

Drei Tage sind seit dieser Abendgesellschaft verflossen. Anatol, der gern die erhaltene Einladung benutzen und sich zu Herrn von Barvillier begeben will, ist noch im Zweifel, ob er Zeit genug habe verstreichen lassen, ob es schicklich sei, im Laufe des Tages seinen Besuch zu machen, oder ob er noch einige Tage warten müsse. Nach langem Besinnen sagt er zu sich:

»Da der alte Herr so gütig war, mich zu einem Besuche einzuladen, halte ich es für artiger, ihn bald zu besuchen; ich mache mich keineswegs lächerlich. Ich gehe heute.«

Er beschäftigt sich sogleich mit seinem Anzuge; denn ohne sich selbst aufrichtig zu gestehen warum, hegt er den Wunsch, recht stattlich zu erscheinen.

Es ist bald drei Uhr und Anatol ist eben im Begriffe, ein Cabriolet kommen zu lassen, um zu Herrn von Barvillier zu fahren, als sich die Thür aufthut und der schöne Hippolyt d'Ingrande mit einem elegant gekleideten und ziemlich hübschen, aber durch kecken Blick und allzu freies Benehmen an Olympia erinnernden jungen Frauenzimmer erscheint.

»Vivat! er ist zu Hause. Da ist er!« ruft Hippolyt und begrüßt Anatol mit einem warmen Händedruck.

»Ich fürchtete, lieber Anatol, Sie nicht zu Hause zu treffen. Es würde mir unendlich leid gethan haben, zumal um Mademoiselle, die ich mit großer Mühe beredet habe, Versailles zu verlassen und hierher zu kommen.«

»Nun ja, die Eisenbahnen langweilen mich,« setzt die Begleiterin Hippolyts hinzu. »Ich weiß wohl, daß es geschwind geht; aber zu reisen, ohne etwas zu sehen, finde ich gar nicht unterhaltend. Was sieht man denn auf der Eisenbahn? Alles fliegt ja vorbei, wie die Gläser einer Laterna magica. Ich danke schön! ich gehe eben so gern zu Seraphin und sehe die chinesischen Schattenbilder.«

Anatol verneigt sich vor dieser Person, die sich mit erstaunlicher Zungenfertigkeit ausdrückt und sogleich fort-fährt:

»Nun, schöner Hippolyt, sagen Sie doch dem Herrn, wer ich bin, denn sonst würde er's wahrscheinlich nicht errathen, eben so wenig wie ich geahnt hätte, daß ich das Vergnügen habe, seine Verwandte zu sein, wenn Sie mich nicht an die Geschichte meiner armen Mutter, ihrer Liebe und ihrer Trübsale erinnert hätten. Denn man kann wohl sagen, daß die arme Angelina Trübsale gehabt hat. Und deshalb sagte ich immer, wenn Jemand von meiner Mutter sprach: Ach! ich bitte Euch um Alles in der Welt, berühret diese Saite nicht, sonst zerfließe ich in Thränen und falle in Ohnmacht. O mein liebes Mütterlein, warum mußtest Du früher sterben als deine Tochter! Ich bekomme einen Stich durch's Herz, wenn ich daran denke. Nun, es ist einmal nicht anders. Thun Sie also den Mund auf, Hippolyt, und sagen Sie dem Herrn, daß ich seine Cousine bin und daß er folglich mein Cousin sein muß. Es würde mich sehr wun= dern, wenn er's nicht wäre.«

Der schöne Hippolyt schneidet mehrmals ein Gesicht über die triviale Ausdrucksweise der redseligen Person. Anatol hatte sie mit großer Aufmerksamkeit betrachtet, als er vernommen, daß es die von Hippolyt angemeldete Cousine sei.

Er benützte einen Augenblick, wo sie nicht sprach, und bot ihr einen Sessel mit den Worten:

»Was! Madame—Mademoiselle — Sie wären—«

»Mademoiselle, lieber Cousin; ich bin Demoiselle vom Kopfe bis zu den Füßen. Poßtausend! Ihr Fauteuil ist niedrig, ich glaubte, ich würde auf die Erde zu sitzen kommen. Das ist ja kein Fauteuil, sondern ein Lehnstuhl für Podagristen. In diesen Hôtels garnis findet man immer abgetakelte Möbeln. Wir kennen das! — Also, lieber Vetter, was ich sagen wollte, ich bin Ihre Cousine. Es ist doch merkwürdig, wie man sich findet. Ich gestehe, daß ich Sie nicht gesucht habe. Meine zärtliche Mutter, die gute Angelina, ist todt. Sie wissen doch, daß meine Mutter Angelina hieß?«

»Ja, ich weiß, daß die Tochter meines Großonkels, des Schiffscapitäns, diesen Vornamen geführt hat.«

»Ganz richtig. Ja, ich habe wohl gewußt, daß unter

*

meinen Ahnen ein Schiffscapitän war; aber sie wissen, man kommt in Verwirrung, wenn man die Ahnen an den Fingern herzählen soll. Und ich war noch sehr klein, als ich eine Waise wurde.«

»Ihre Mutter hieß also — ?«

»Habe ich's Ihnen denn nicht gesagt? Angelina.«

»Es ist nur ein Taufname; aber ihr Familien= name?«

»War der Ihrige, mein Schatz — Desforgeray. Ist das recht so?«

»Ja, so heiße ich. Aber in Paris hatte ihre Mutter den Namen ihres Vaters abgelegt —«

»Und nannte sich Madame Clémandon, das ist die reine Wahrheit. Wir sind nun im Reinen, nicht wahr?«

»In der That, es trifft Alles zu.«

»O, ich bin Ihre Cousine vom Kopf bis zu den Füßen! — Aber ich möchte etwas genießen; ich bekomme Durst, wenn ich viel spreche.«

»Sie sprechen zu schnell, liebe Freundin,« mahnt Hippolyt; »Sie kommen gar nicht zu Athem und lassen dem lieben Anatol kaum Zeit, Ihnen zu antworten. Sie haben ja keine Ursache, sich so zu beeilen.«

»Das glaubst Du, pathetischer Mensch! — Ich hasse Alles, was langsam geht, bei mir muß Alles geschwind gehen. — Wo war ich denn stehen geblieben?«

»Sie hatten Durst, Mademoiselle. Wollen Sie ein Glas Zuckerwasser mit Orangeblüthe?«

»O, das ist sehr fade! Ich würde lieber amerika= nischen Grog trinken.«

»Ich werde ein Glas bestellen.«

Anatol schellt. Ein Aufwärter erscheint. Mademoi=
selle Hermine Nummero zwei sagt zu ihm so unbefangen,
als ob sie in einem Kaffeehause wäre:

»Kleiner, bringen Sie uns drei Gläser amerikanischen
Grog, denn diese Herren werden mir hoffentlich Gesell=
schaft leisten. Bringen Sie die Rumflasche extra. Jeder
macht ihn so stark, wie er will. — Geschwind! Sie be=
kommen ein Trinkgeld, wenn wir zufrieden sind.«

»Wie gefällt sie Ihnen?« fragt Hippolyt den jungen
Desforgeray leise, während die angebliche Cousine vor
den Spiegel tritt und ihren Kopfputz ordnet.

»Sie ist nicht übel,« erwiedert Anatol; »nur finde
ich ihr Benehmen etwas — ich weiß nicht wie ich sagen
soll — etwas zu frei. Sie erinnert mich an Olympia; ge=
hört sie zu derselben Classe?«

»Behüte! Glauben Sie das nicht! Sie ist sehr sittsam,
wenn auch lebhaft und ungezwungen. Das liegt in ihrem
Charakter. Und überdies das Leben in Versailles —«

»Ist man denn in Versailles so ungezwungen? Ich
habe im Gegentheil gehört, es herrsche dort ein sehr steifer,
gezwungener Ton.«

»Es kommt darauf an, in welchem Stadttheile man
wohnt.«

»Die Erziehung dieser Demoiselle scheint mir auch
sehr vernachlässigt zu sein —«

»Das dürfen Sie nicht so genau nehmen, Theuerster.
Eine Stickerin ist ja nicht genöthigt, in so gewählten Aus=
drücken zu sprechen wie ein Professor der Rhetorik. Sie
ist in ihrer frühesten Jugend eine mutterlose Waise ge=
worden und hatte weder Verwandte noch Freunde, die für

ihre Ausbildung hätten sorgen können. Zum Glück hat sich
eine Stickerin ihrer angenommen und sie in ihrer Kunst
unterrichtet.«

»Das ist allerdings möglich. Aber glauben Sie denn,
daß sie erst neunzehn Jahre alt sei? Sie scheint vierund=
zwanzig —«

»Weil sie groß und stark ist. Aber sie ist erst neunzehn
Jahre alt, sie hat mir's selbst gesagt. — Sind Sie denn
noch nicht überzeugt, daß sie die Cousine ist, welche Sie
suchen? Nach Allem, was sie Ihnen über ihre Verhältnisse
gesagt hat, ist kein Zweifel mehr möglich.«

»Aber Victor hat mir auch eine Hermine gebracht,
die mir dasselbe gesagt hat —«

Hippolyt kann seinen Aerger nur mit Mühe ver=
bergen.

»Sie wissen ja,« erwiedert er, »daß Victor ein Wind=
macher und Possenreißer ist. Er hat nur einen Spaß ge=
gemacht.«

»Nein, es war kein Scherz.«

»Nun, meine Herren, wenn Sie genug die Köpfe zu=
sammengesteckt haben, wie Verräther in einem Melodrama,
so werden Sie sich hoffentlich um mich bekümmern,« sagt
die angebliche Hermine, die inzwischen ihren Hut abgenom=
men und auf das Bett geworfen hat. — »Apropos, lieber
Cousin, Hippolyt hat mir gesagt, daß Sie mir ein hübsches
Sümmchen auszuzahlen haben — es versteht sich, daß ich
meinen Großvater beerbe. Und es ist mir gar nicht unlieb,
denn ich sitze auf dem Trockenen. Eine Stickerin kann keine
Austern bezahlen, und wenn man nicht zuweilen eine kleine
Nebeneinnahme —«

Hippolyt fängt an zu husten; die Stickerin versteht diese Mahnung und setzt verbessernd hinzu:

»Ich meine, wenn man nicht zuweilen eine außerordentliche Bestellung hätte, so würde man den Miethzins nicht bezahlen können. — Ah, da kommt der Grog! — Kellner, rücken Sie uns den Tisch näher. So ist's recht. Cousin, ich thue, als ob ich bei Ihnen zu Hause wäre. Ich bin einmal so, ich denke, wo man sich Zwang anthun muß, hat man kein Vergnügen. — Hippolyt, reiche mir die Rumflasche, ich will mir den Grog nach meinem Geschmacke machen.«

Sie hat sich an den Tisch gesetzt; zuerst wirft sie sechs bis sieben Stück Zucker in ihr Glas, dann schüttet sie Rum darauf, schneidet einige Citronenscheiben ab, gießt noch Rum darauf und zerdrückt das Ganze, so daß im Glase sehr wenig Platz für das Wasser bleibt. Dieses Gemisch trinkt sie in einem Zuge aus, und macht sich sogleich wieder ein Glas Grog zurecht.

»Die gute Hermine macht schon schöne Entwürfe für die Zukunft,« sagt Hippolyt, der sich ebenfalls ein Glas Grog bereitet, aber bei weitem schwächer als die Mischung, welche die Stickerin wie Champagner schlürft. »Mit diesem ganz unerwartet kommenden Vermögen wird sie gewiß viel Gutes thun, denn sie ist so gefühlvoll —«

»Ja, Kleiner, ich bin sehr gefühlvoll — nur zu gefühlvoll, und dadurch bin ich — für den Augenblick in Verlegenheit gekommen. — Man muß eben nicht immer für Andere sorgen, und so werde ich mir vor Allem einen schönen Caschemir und eine Broche mit echten Diamanten kaufen. O, eine Broche mit Diamanten war immer mein

Wonnetraum; seitdem ich mannbar bin, habe ich keinen andern Wunsch gehabt! — Ich will mir noch Rum einschenken — dieser ist nicht stark, ich habe schon besseren getrunken. Aber man muß sich mit dem begnügen, was man hat; nicht wahr, Cousin?«

Anatol weiß nicht was er antworten soll; er kann die angebliche Cousine, die sich immerfort Rum einschenkt, nicht genug ansehen. Aber sie nimmt sich kaum die Zeit zum Trinken, um wieder das Wort zu nehmen:

»Nun, mein kleiner Cousin, wann bekomme ich denn die Möpse?«

»Wie, ich verstehe Sie nicht —«

»Nun ja, die Moneten, Moses und die Propheten, wenn Sie lieber wollen —«

Hippolyt fängt wieder stark an zu husten; aber die Demoiselle, die der Rum erhitzt, wendet sich zu ihm und sagt verweisend:

»Bist Du bald fertig? Du erstickst ja! — Ja, Cousin, es wäre mir sehr angenehm, die Moneten zu bekommen. Jetzt verstehen Sie mich doch?«

»Aber vor Allem muß ich die Gewißheit haben, daß Sie wirklich die Cousine sind, die ich suche.«

»Was, Sie zweifeln noch? Bin ich denn nicht gut genug gebaut, um Ihre Cousine zu sein? Der tausend, was verlangen Sie denn noch? Wie soll denn Ihre Cousine aussehen?«

»Das meine ich nicht, Mademoiselle.«

»Nun, dann bin ich schon zufrieden. — Es ist curios, je mehr ich von diesem Grog trinke, desto durstiger werde ich. Haben Sie sonst nichts zu trinken hier?«

»Nein — nur Zuckerwasser mit Orangenblüthe.«

»O pfui, schweigen Sie von dem Geschlader! — Was, keinen Absinth?«

»Nein.«

»Ein junger Herr ohne Absinth ist wie ein Nachttisch ohne — Feuerzeug. — Nun, ich will einen Schluck Rum nehmen, rein und unvermischt. — Aber höre doch auf zu husten, es wird mir langweilig.«

Der schöne Hippolyt sieht zu seinem großen Aerger, daß die angebliche Hermine ihre Vorliebe für starke Getränke nicht zu bezwingen vermag. Vergebens hustet und winkt er, die Stickerin lacht ihm in's Gesicht; vergebens wirft er ihr grimmige Blicke zu: sie sagt in ihrem Muthwillen:

»O, wie garstig bist Du, wenn Du solche Augen machst, Hippolyt! Du siehst aus wie das Nilpferd. Jetzt singe ich gewiß nicht:

> Doch nie wird sie ihn lieben,
> Wie ich den Hippolyt!

Kennen Sie dieses Lied, Vetter? Es ist alt, aber immer hübsch.«

»Hermine, der Rum steigt Ihnen zu Kopfe; ich wußte es wohl!« sagt Hippolyt unwillig.

»Was sagst Du da, kleiner Bausback! Nimm Dich in Acht, ich gebe Dir einen Fußtritt zu kosten. Du weißt wohl, daß es nicht das erste Mal sein würde, daß ich dein Zifferblatt richte! — Nun, Vetter, wie ist's denn mit dem Beutel — oder vielmehr Sack, denn es scheint eine hübsche Summe zu sein. Die Zahl fällt mir in diesem Augenblicke nicht ein, aber ich werde mich schon erinnern.

Ich sitze auf dem Trockenen, Vetter, es ist Zeit, daß ich wieder flott werde.«

»Mademoiselle, bevor Ihnen der Nachlaß des Capitän Desforgeray ausgezahlt wird, müssen Sie die Beweise vorlegen, daß Sie wirklich meine Cousine sind. Vor Allem zeigen Sie mir die Briefe, die meine Großmama an Ihre Mutter geschrieben, und das Porträt meiner Großmutter, welches sie ebenfalls besessen und Ihnen hinterlassen haben muß; es war für Sie ein kostbares Andenken und sie muß Ihnen die sorgfältigste Aufbewahrung empfohlen haben, denn ohne den Besitz dieses Bildes dürfte es Ihnen schwer fallen zu beweisen, daß Sie die Enkelin des Capitän Desforgeray sind.«

Die Stickerin starrt Anatol an, als ob er hebräisch spräche, und als er schweigt, erwiedert sie:

»Was faseln Sie da von Briefen und von dem Porträt einer Großmutter! — Was soll ich denn damit machen? Wenn's noch das Porträt eines hübschen Jungen wäre, so ließe ich mir's gefallen, ich könnte mir eine Broche davon machen lassen — denn Brochen sind meine Liebhaberei. — Hippolyt, hast Du das Porträt der Alten? Du hast doch gern alten Plunder.«

Hippolyt, über die unglückliche Wendung des Gesprächs erzürnt, antwortet ihr:

»Hermine, Sie haben mich nicht zum Hüter Ihrer Effecten bestellt. Es ist nicht meine Schuld, wenn Sie die fraglichen Briefe und das Porträt verloren haben. Sie sind nachlässig und unbesonnen; Sie waren noch ein Kind, als Sie Ihre Mutter verloren, und Sie ahnten nicht, daß

Sie mit Hilfe dieser Gegenstände einst beweisen könnten, daß Sie der Familie meines Freundes Anatol angehören.«

Die Stickerin nimmt noch einen Schluck Rum und erwiedert:

»Dieses Geschwätz kann zu nichts führen. Ich bin hierher gekommen, um mein Erbtheil einzustreichen. Bekomme ich es oder nicht?«

»Mademoiselle, ich muß nach Montpellier schreiben, man wird mir sagen, was ich zu thun habe, um die Wahrheit zu ermitteln.«

»Ach! die Sache wird langweilig. — Die Rumflasche ist leer — sie war klein für ihr Alter. Ich gehe — es gibt ja nichts mehr zu nippen. — Sagen Sie, Cousin, wann soll ich wiederkommen?«

»Ich werde es Ihnen durch Hippolyt sagen lassen.«

»Sehr wohl. — Aber bis zur Auszahlung der großen Summe könnten Sie mir wohl zwei oder drei Napoleons auf Abschlag geben, lieber, kleiner Cousin! Ich könnte sie jetzt brauchen.«

Anatol greift in die Tasche und reicht der Stickerin drei Zwanzigfrancsstücke.

»Es freut mich,« sagt er, »daß ich Ihnen gefällig sein kann.«

»Das lasse ich mir gefallen!« sagt die Stickerin erfreut und steckt die drei Goldstücke in die Tasche; »Sie sind ein lieber Schatz! — Auf Wiedersehen, Cousin! — Ich brauche Hippolyt nicht aufzufordern, mich zu begleiten. Er weiß, daß ich ihn jetzt regaliren kann. Sie werden sehen, daß er mir nachlaufen wird wie die Hunde hinter einer Hammelkeule.«

Bei diesen Worten macht die Stickerin eine kühne Drehung um ihre Achse und hüpft zur Thür hinaus.

»Lieber Freund,« sagt der schöne Hippolyt, »entschuldigen Sie die arme Hermine; sie weiß nicht mehr was sie sagt. Sie kann starke Getränke nicht vertragen.«

»Ich glaube mich vom Gegentheil überzeugt zu haben,« antwortet Anatol, der sich des Lachens nicht erwehren kann, als der schöne Hippolyt die Treppe hinuntereilt, um die Stickerin einzuholen.

VI.

Ein Kaffeehaus=Concert.

»Sie kann meine Verwandte nicht sein!« sagt Anatol zu sich. »Es wäre mir sehr leid, wenn meine Cousine ihr ähnlich wäre! Die Trüffelbrüder scheinen Scherz mit mir treiben zu wollen. Das ist nicht schön von ihnen! Ich leihe ihnen Geld, wenn ich bei Cassa bin; jetzt erwähnen sie gar nichts davon, und zum Danke für meine Gefälligkeit suchen sie mich zu foppen. In welcher Absicht stellen sie mir diese Frauenzimmer als meine Cousine vor? Ich mag gar nicht darüber nachdenken. Das Fatalste ist, daß ich nun meinen Besuch bei Herrn von Barvillier auf morgen verschieben muß.«

Während Anatol noch über das Benehmen seiner Freunde nachsinnt, wird die Thür aufgerissen und Mitonneau stürzt ins Zimmer.

Der Futterhändler sieht bleich und verstört aus, als ob er einer großen Gefahr entronnen wäre.

»Mein Gott! was ist Ihnen denn schon wieder geschehen, lieber Herr Mitonneau?« fragt der junge Mann, als sein Reisegefährte in den Fauteuil sinkt, den die Stickerin zu niedrig gefunden.

»Ich habe ihn gesehen — er ist mir begegnet — ich habe ihn gesprochen!« antwortet Mitonneau mit bebender Stimme.

»Wen denn?«

»Wen denn sonst als Canardière! Othello Canar=dière!«

»So! den Gemal der reizenden Eleonora?«

»Ja, den Gemal dieser Sirene! Denken Sie sich, lieber Anatol, seit einiger Zeit war mein Gemüth wieder ruhig geworden; ich hörte nichts Bedenkliches mehr, ich sah Canardière nicht mehr und ich tröstete mich mit dem Gedanken, mein Abenteuer auf dem Maskenballe werde in den Carnevalsmysterien begraben bleiben. Ich hatte sogar schon eine neue Intrigue eingefädelt mit einer sehr hübschen Barbierin, die ihrem Manne rasiren hilft, wenn viele Bärte abzunehmen sind; aber nachher bedachte ich, daß eine Frau, die das Rasirmesser zu führen weiß, doch eine allzu gefährliche Bekanntschaft sein würde, und ich beschloß, die Sache nicht weiter zu treiben. Ich war also ziemlich ruhig über mein Abenteuer im Opernhause, da tritt mir auf einmal, als ich an dem Thore Saint=Denis vorbeigehe, ein Gegenstand in den Weg. Ich glaubte im ersten Augenblicke, das Thor stürze ein — doch nein, es war Canardière, der fürchterliche Canardière. Er stand

vor mir mit zusammengezogenen Brauen, in seinem Blicke
lag etwas Tigerartiges. Und während er vor mir steht,
sagt er mit furchtbar dröhnender hohler Stimme: »Halt! nicht
von der Stelle!« Sie können sich meinen Schrecken denken,
als ich das grimmige Gesicht meines Freundes sah, denn
ich bin die Ursache seines Grimmes — obschon die unschul=
dige Ursache, denn ich kann schwören, daß ich ohne Vor=
bedacht gehandelt. Ich war beinahe ohnmächtig, denn ich
dachte: Jetzt weiß er Alles! er wird mich erdolchen, oder
doch wenigstens braun und blau schlagen. Canardière
faßt meinen Arm, schiebt ihn unter den seinigen, hält ihn
fest — und es war ein Glück, denn sonst wäre ich gewiß
niedergesunken. Dann drückt er seinen Mund an mein Ohr
und sagt zu mir:

»Mitonneau, ich habe eine Ahnung — ich fürchte,
daß meine Frau —«

»Deine Frau?« stammele ich.

»Daß meine Frau mir Hörner aufsetzt!«

»Wirklich! woher dieser Argwohn?«

»Er schlägt sich mit der Hand an die Stirne, drückt
meinen Arm noch stärker und erwiedert:

»Meine Frau war nicht, wo sie sagte. Ich habe durch
Zufall erfahren, daß es eine Lüge war. Ueberdies lief
mir ein Freund, den ich lange nicht gesehen, auf dem
Boulevard nach, und sagte zu mir: »Ihre Frau besucht
also die Bälle im Opernhause? Ich habe sie dort gesehen;
sie trug einen orangefarbenen Domino; ihre Maske
war ihr eben abgefallen, ich habe sie genau erkannt,
sie ging am Arme eines jungen Mannes.« Sie
können denken, Mitonneau, daß ich diesem Freunde, der

mir dies mit einem gewissen Behagen erzählte, ein paar Ohrfeigen gab.«

»Da haben Sie recht gethan,« erwiederte ich.

»Ja wohl,« fuhr er fort; »anfangs dachte ich, es sei Bosheit, Verleumdung. Aber nachher fiel mir ein, daß es mit der sonderbaren Geschichte von der todtkranken Tante und dem Testamente zusammentraf. Ich durchsuchte das ganze Haus, und endlich fand ich einen überzeugenden Be= weis: den orangefarbenen Domino, in einem Schranke ver= steckt. Ich eilte zu Eleonoren und hielt ihr den Domino vor die Augen. Sie stellte sich sehr erstaunt und betheuerte, sie habe den Domino nicht in den Schrank gesteckt. Aber ich bin nicht der Mann, mich mit einer solchen Antwort zu begnügen. Ich werde die schreckliche Wahrheit entdecken, und müßte ich ganz Paris über den Haufen werfen; ich will er= mitteln, wer meine Frau auf den Opernball geführt hat, und diesen Wicht werde ich in Stücke hauen!« Sie können denken, mein junger Freund, wie mir zu Muthe wurde bei der Aussicht, in Stücke gehauen zu werden.«

»Aber er weiß ja nicht, daß Sie es sind. Ueberdies hat man ihm gesagt, es sei ein junger Mann gewesen.«

»Nun, ich bin doch auch kein alter Kerl! Ich bin vierundvierzig, in den schönsten Jahren. — Canardière fuhr fort:

»Du bist doch auch auf dem Ball im Opernhause ge= wesen; hast Du dort einen Orangedomino bemerkt?«

»Lieber Freund, ich habe Dominos von allen Far= ben gesehen; aber es ist mir keiner besonders aufgefallen.«

»Er schlug sich wieder an die Stirn und erwiederte:

»Ich werde den Frevler schon entdecken! Ich werde nachforschen und mich rächen!—Du wirst mich wiedersehen.«

»Bei diesen Worten drückte er mir den Arm so fest, daß ich aufschrie; dann ging er fort.«

»Und das ist Alles?«

»Ist es nicht genug?«

»Ihr Freund hat ja gar keinen Verdacht auf Sie!«

»Noch nicht; aber jetzt, da er weiß, daß seine Frau ihn betriegt, wird er keine Ruhe haben, bis er den Verführer Eleonorens entdeckt hat. — Ach, Sie kennen Canardière nicht! Er wird am Ende die Wahrheit erfahren, und dann weiß ich was mir bevorsteht — er wird mich in Stücke hauen! Aufrichtig gesagt, diese Aussicht ist keineswegs angenehm.«

Um Mitonneau's Angst zu beschwichtigen, entschließt sich Anatol, das ihm anvertraute Geheimniß wenigstens theilweise zu verrathen.

»Sie machen sich vergebliche Sorgen,« sagt er; »Sie behaupten, die Dame habe mit Ihnen gespeist; ich aber sage Ihnen, daß sie auch mit einem Andern in demselben Gasthause gewesen ist.«

»Madame Canardière—Eleonore hat in der Nacht, wo ich Sie auf dem Opernball fand, mit einem Andern soupirt?«

»Ja wohl, mein lieber Herr.«

»Das ist nicht möglich! Ich will zugeben, daß sie, als ich sie verlassen, eine kleine Weile mit anderen Personen umhergegangen ist; aber daß ein Anderer sich rühmt, mit ihr soupirt zu haben, das ist zu stark. Wer hat das gesagt?«

»Ein Freund von mir, ein Trüffelbruder.«

»Ihre Trüffelbrüder sind Lügner, Windmacher.«

»Soll ich Sie zu dem führen, der es gesagt hat?«

»Nein, nein, es ist nicht nöthig; ich bin kein Freund von solchen Erörterungen. Wenn er mein Abenteuer auf sich nehmen will, so thut er mir einen großen Gefallen. — Ach, ich unterhalte mich sehr schlecht in Paris!«

»Nun, warum reisen Sie nicht nach Montpellier zurück?«

»In Montpellier würde ich mich eben so wenig unterhalten.«

In seinen Angstmomenten pflegte Mitonneau seinen jungen Freund aufzusuchen und ihm nicht von der Seite zu gehen. Beide speisen zusammen und Abends begeben sie sich zum Zeitvertreibe in ein Kaffeehausconcert.

In diesem Kaffeehause, das sich am Boulevard befand, war ein zahlreiches Publicum versammelt; aber die Gesellschaft war sehr gemischt, zumal hinsichtlich des andern Geschlechts. Anatol beachtete diese Damen wenig, obgleich sie sehr laut sprachen und über die Virtuosen ihre Bemerkungen machten, als ob sie in ihrem Zimmer gewesen wären; aber Mitonneau, der immer Intriguen anzuknüpfen suchte, wenn er nichts zu fürchten hatte, sah sich nach allen Seiten um und sagte für sich:

»Das schöne Geschlecht ist hier sehr zahlreich vertreten und scheint gar nicht spröde zu sein. Es sind viele hübsche, schalkhafte Gesichtchen darunter. Ach, ich würde hier gewiß eine Eroberung machen, wenn ich nicht von einer furchtbaren Rache bedroht würde.«

Es wird Ruhe geboten, weil gesungen werden soll. Ein Herr tritt auf die kleine Bühne, welche für die Sänger bestimmt ist. Er ist nicht schwarz gekleidet wie die anderen Künstler, sondern trägt graue leinene Beinkleider, die so eng sind wie die Tricothosen der Reiter im Circus, und eine Cravate, in welcher er nöthigenfalls Kinn und Mund verbergen kann.

Der Künstler tritt tänzelnd vor und verneigt sich vor der Gesellschaft.

»Ei! das ist ja Blondel! mein Freund Blondel!« rufen einige Frauenzimmer und empfangen den Sänger mit Händeklatschen.

»Ich möchte wohl wissen, warum Sie diesen großen Zeisig mit Applaus empfangen?« sagt ein Herr, der neben den applaudirenden Personen sitzt. »Er singt wie eine geborstene Pfanne, und ist ungeheuer von sich eingenommen.«

»Ja, aber er ist gewachsen wie ein Cherub, und zeigt viel Geschmack in der Wahl seines Anzugs,« antwortet eine große Blondine.

»Er kleidet sich unanständig, wollen Sie sagen. Darf denn ein Sänger Hosen tragen wie ein Kunstreiter?«

»Soll er denn seine Vorzüge verbergen?«

»Es ist nicht mehr Mode, man trägt nur weite Beinkleider.«

»Sie sind wahrscheinlich säbelbeinig, daher Ihre Vorliebe für diese Mode.«

»Und die Cravate! O, die Cravate!«

»Sie sieht doch viel stattlicher aus als die schmalen Bänder, welche die Männer jetzt um den Hals winden.«

»Still! Ruhe da!«

Anatol, der den Sänger aufmerksam betrachtet hat, sagt leise zu Mitonneau:

»Sehen Sie doch den Mann an, der jetzt singen wird; ist es nicht der Künstler, der mit uns gereist ist?«

»Ja wohl, der berühmte Blondel, der mir noch verschiedene Zechen schuldet. — Ja wahrhaftig, er ist's. Die große Oper, wo er singen sollte, scheint sich in ein Kaffeehausconcert verwandelt zu haben. Ich sagte Ihnen ja, daß der Mensch ein Windmacher ist! — Wir werden jetzt sehen, ob er eben so viel Talent als Unverschämtheit hat.«

Es war wirklich der Blondel von der Eisenbahn. Er geht mit möglichst anmuthiger Haltung auf der Bühne hin und her, während das Orchester die Einleitung zu dem Stücke spielt, das er singen soll. Die Melodie erinnert an den »Fandango« und stellt etwas Spanisches in Aussicht. Endlich beginnt der Gesang. Die Stimme des berühmten Blondel würde nicht übel sein, wenn er nicht falsch sänge und sich nicht in gewagten Läufen verirrte, die er meistens in seiner Cravate beendet.

»Bravo!« sagt der Herr, der seine Beinkleider einer so scharfen Kritik unterzog, »jetzt sehe ich, wozu er seine ungeheure Cravate braucht: er versteckt sein Fiasco darin. Eine neue Erfindung, die den Virtuosen recht nützlich sein kann.«

»Nein, mein Herr!« entgegnet eine alte Dame, die dem Sänger mit Behagen zuzuhören schien; »es ist keine neue Erfindung; denn Garat, der berühmte Sänger Garat trug nie eine andere Cravate.«

»Ei, Madame, wenn Sie so weit zurückgehen wollen, so kann ich Ihnen sagen, daß man damals auch kurze Hosen trug. Blondel hätte auch in kurzen Hosen erscheinen sollen.«

»Daran würde er sehr wohl thun, mein Herr; denn es war weit galanter als Ihre abscheulichen weiten Hosen. Aber man wird schon zu der alten Mode zurückkehren!«

Plötzlich nimmt der Sänger Castagnetten in beide Hände und tanzt nach einer Melodie, welche der Cachucha ähnlich ist. Er macht kühne Pantomimen, verwegene Luftsprünge und wirft die Beine unglaublich hoch auf. Die Zuschauerinnen sind entzückt, und eine Dame ruft laut:

»Bravo, Blondel! — Er rigolboschirt! Er ist ebenso stark wie in den Délassements. — Bravo, Blondel! ich möchte ihm einen Strauß zuwerfen, wenn ich einen hätte!«

Und in Ermanglung eines Blumenstraußes wirft die Enthusiastin dem Künstler einen Spritzkrapfen zu. Blondel fängt das Weihgeschenk in seiner Cravate auf, nimmt es heraus, drückt es an sein Herz und verneigt sich vor dem Publicum. So beendet er seine Kunstleistung mitten unter dem Applaus der Damen und dem schallenden Gelächter der Männer.

»Ein schöner Mann, welch ein Wuchs!« sagt die alte Dame.

»Der Postillon von Longjumeau!« setzt ihr Nachbar hinzu. — »Der Wirth könnte über seine Thür setzen: Café chantant et dansant.«

»Nun, wie finden Sie ihn?« fragt Anatol seinen Nachbar.

»Ich finde, daß er besser tanzt als singt; ich glaube, er sollte Tänzer werden. Er hebt das Bein zu einer staunenswerthen Höhe!«

»Ich glaube, man nennt es rigolboschiren; vermuthlich gibt es in Paris eine Tänzerin, die ihre Beine noch höher hebt.«

»Von einer Tänzerin würde ich's noch lieber sehen, es muß — O mein Gott, ich irre mich nicht!«

»Was gibt's denn schon wieder? Bemerken Sie den fürchterlichen Canardière?«

»Sie ist's?

»Sie! Es ist also Eleonore?«

»Nein, es ist noch schlimmer — es ist der Thurm von Nesle.«

»Wie? ich verstehe Sie nicht.«

»Eigentlich heißt sie Madame Alfieri — eine Witwe — eine Maccaronihändlerin — eine leidenschaftliche Person — eine zweite Margarethe von Burgund, die sich ihrer Liebhaber entledigt, wenn sie ihr nicht mehr gefallen.«

»Und Sie gefallen dieser Dame?«

»Ja, leider! Sie wird Montpellier verlassen haben, um mich bis hieher zu verfolgen. — Ein Mann ist bei ihr — es ist nicht Spalatro, aber vermuthlich ein anderer Bravo, der in ihrem Solde steht. — Sie sucht einen Platz — sie kommt hieher. Sie soll mich nicht finden. Entschuldigen Sie, mein junger Freund — ich mache mich aus dem Staube. Wenn man Sie fragt, so haben Sie mich nicht gesehen.«

Mitonneau verläßt in aller Eile das Kaffeehaus. In seiner Hast wirft er mehrere Stühle sammt den darauffitzenden Personen um.

Anatol schaut ihm lächelnd nach und sagt zu sich:

»Es ist wahrlich ein Unglück, so feig zu sein. Die Kaffeehäuser scheinen ihm Unglück zu bringen.«

Eine Sängerin betritt nun die Bühne, und der

Virtuose Blondel, der wahrscheinlich nichts mehr zu thun hat, kommt bald in das Innere des Kaffeehauses, um die seiner Meinung nach wohlverdienten Complimente einzuernten. Nachdem er mehrere seiner Verehrerinnen angelächelt, bemerkt er Anatol, der allein an einem Tische sitzt. Er nimmt sogleich neben ihm Platz und sagt freudig überrascht:

»Ei, wie schön sich das trifft! Da ist ja mein lieber Anatol, mein Reisegefährte von Montpellier. Es freut mich unendlich, Sie zu sehen.«

»Ich habe Sie soeben gehört —«

»Ich errathe, mein Ruf wird Sie hiehergelockt haben, und Sie wollten Ihren Freund Blondel hören. Das ist schön von Ihnen!«

»Nein, ich muß Ihnen gestehen, daß ich vor Ihrem Auftreten nicht wußte, daß Sie hier singen würden; ich glaubte Sie in einem Theater zu finden.«

»Lieber Freund, ich könnte in einem Theater engagirt sein, wenn ich wollte. Aber man hat mir hier eine goldene Brücke gebaut, man hat mich fast mit Gewalt genommen. Ich konnte nicht anders. — Uebrigens sind die Kaffeehausconcerte jetzt ungemein beliebt. Ich habe mir eine neue Bahn gebrochen, ich mache Furore. Man hat mir von Marseille geschrieben, um mich am Alcazar zu engagiren. Es ist ein Kaffeehaus, welches alle derartigen Etablissements weit übertrifft. Es ist eigentlich kein Kaffeehaus, sondern ein Zauberpalast aus Tausend und eine Nacht. Man bietet mir tausend Francs für den Abend.«

»Und Sie nehmen es nicht an?«

»Lieber Freund, man kann aus diesem verteufelten

Paris nicht fort, wenn man einmal darin sitzt. Und
überdies sind noch andere Gründe vorhanden, die mich zu=
rückhalten. Man hat ein Herz — man ist gewachsen wie
Apollo — die Eroberungen fallen mir dutzendweise in
den Schooß. Ich weiß nicht, welcher ich antworten soll. —
Was haben Sie genommen?«

»Ein Glas Limonade.«

»Sie sollen Punsch trinken. Man macht ihn sehr
gut hier. — Garçon, eine halbe Bowle Punsch für den
Herrn! — Zwei Freunde, die sich nach langer Trennung
wiederfinden, können sich wohl eine halbe Bowle erlauben.
— Apropos, was ist aus dem Papa Mitonneau ge=
worden?«

»Er ist soeben von hier fortgegangen; er saß auf
Ihrem Platze. Ein besonderer Umstand hat ihn bewogen
sich zu entfernen.«

»Sie verlassen ihn doch zuweilen in Paris?«

»O ja, ich sehe ihn sehr selten; meine Gesellschaften
sind nicht die seinigen.«

»Ich gratulire Ihnen; er scheint mir bedeutend in
der Cultur zurück zu sein. Dieser Umgang paßt nicht für
Sie. Wenn ich nicht so sehr mit meinen Herzensangele=
genheiten zu thun hätte, möchte ich Ihr Gesellschafter sein.
— Ah! da ist der Punsch! Erlauben Sie mir, daß ich
Ihnen einschenke.«

Der berühmte Blondel hatte eine ganz eigenthüm=
liche Manier einzuschenken. Zuerst füllte er sein Glas und
sagte: »Ich muß den Punsch erst kosten, ob er auch wür=
dig ist, Ihnen eingeschenkt zu werden.« — Dann schenkte

er beide Gläser voll, und sein Glas war immer schnell leer und wieder voll.

Als die halbe Bowle bereits fast leer war, bemerkt Blondel zwei junge Frauenzimmer, die in das Kaffeehaus kommen.

»Ah! da kommen Pelotte und ihre Freundin The= mire, die mich hören wollen. Die lieben Mädchen sind auch in mich vernarrt. — Aber sie kommen zu spät. Ich trage diesen Abend nichts mehr vor, ich will mich nicht verschleudern. Ich singe nur ein Stück, aber es war fa= mös, das ist nicht zu läugnen. — Und der kleine Tanz, den ich zum Schlusse aufführte! Eigene Composition, die Furore macht. Viele Leute haben mir schon gesagt: Sie sollten den Gesang weglassen und Ihr Lied nur tanzen.«

Anatol hat inzwischen die beiden eben eintretenden Mädchen betrachtet und in der einen sogleich die angebliche Cousine erkannt, die ihm der schöne Hippolyt d'Ingrande heute vorgestellt.

»Sie kennen diese beiden jungen Personen?« fragt er den Virtuosen.

»Die eben gekommen sind und sich dort an den Tisch setzen?«

»Ja wohl.«

»Ich sage Ihnen ja, daß ich sie unter meine Erobe= rungen zähle. Seitdem ich hier singe, kommen sie fast jeden Abend hierher; sie applaudiren, rufen Dacapo und werfen mir Blumen zu; sie würden sich selbst auf die Bühne wer= fen, wenn es anginge.«

»Wenn ich nicht irre, nannten Sie soeben ihre Namen?« ·

»Ja wohl. — O, die Beiden kenne ich sehr genau, sie sind sehr flott und lieben die Unterhaltung — zumal Pelotte, die große, für eine Bowle Punsch würde sie auf den Obelisk steigen.«

»Pelotte nennen Sie die große?«

»Ja, es ist Pelotte Potard. Ich habe sie in Lyon gekannt; sie wollte sich dem Theater widmen. Nun, an Muth und Dreistigkeit fehlte es ihr nicht; aber sie hat eine unglückliche Neigung zu starken Getränken und wird deshalb nie als Schauspielerin ihr Glück machen. Eines Abends gab sie die Fifine in »Commis und Grisette« — das Stück, in welchem der arme Achard so wahr, so natürlich, so komisch war. Meine Pelotte kommt ganz benebelt auf die Bühne, und in der Scene, wo sie den Robineau frisiren soll, steckt sie ihm das Brenneisen in die Nase. Das Publicum rief: »Man bringe sie zu Bett!« und ihr Contract wurde für null und nichtig erklärt.«

»Aber diese Pelotte heißt auch Hermine, nicht wahr?«

»So viel ich weiß, hat sie diesen Namen nie geführt.«

»Sie hat keine Eltern mehr —«

»Wer hat Ihnen das gesagt? Zählen Sie denn ihre Mutter, die respectable Madame Potard, für gar nichts?«

»Wissen Sie gewiß, daß ihre Mutter noch lebt?«

»Allerdings; besagte Mutter ist bis Dato Logenschließerin in den Funambules. — Aber wozu alle diese Fragen? Haben Sie etwa ein Auge auf die Pelotte?«

»O nein, ich habe andere Gründe, Erkundigungen über sie einzuziehen. — Können Sie mich diesen Demoisellen nicht vorstellen?«

»Sehr gern; sie werden sich sehr freuen, Ihre Bekanntschaft zu machen, zumal wenn Sie ihnen Punsch kommen lassen.«

»Es wird mir ein Vergnügen sein.«

»Diable! sie trinken schon! Man scheint bei Casse zu sein. — Nun, der Pelotte schadet der Punsch nicht. — Aber zuerst wollen wir den unsrigen austrinken. Die Dämchen werden nicht davonfliegen, sie bleiben gemeiniglich bis zur Sperrstunde.«

Blondel trinkt den Punsch aus. Anatol bezahlt; dann stehen beide auf, gehen auf den Tisch zu, an welchem Pelotte mit ihrer Freundin Punsch trinkt. Der Virtuose geht voran. Die beiden Mädchen begrüßen ihn mit lauter Freude, als sie ihn kommen sehen.

» Ei! da ist Blondel!«

»Höre, Blondel, wirst Du denn nicht singen und tanzen?«

»Es ist aus, meine lieben Täubchen; man hat rasend applaudirt.«

»O, das ist jammerschade! Wir sind gekommen, um Dich tanzen und rigolboschiren zu sehen. Jetzt komm und trinke Punsch mit uns.«

»Vor Allem erlauben Sie mir, Ihnen einen liebenswürdigen jungen Mann, meinen Freund, vorzustellen; er wünscht Ihre Bekanntschaft zu machen und Sie mit Allem zu regaliren, was Ihnen Vergnügen macht.«

»Ist er ein Engländer?«

»Ein Engländer von Montpellier.«

»Stelle ihn nur vor, lieber Freund.«

Während dieses Gesprächs hatte sich Anatol so gedreht, daß Pelotte sein Gesicht nicht sah. Aber als ihm Blondel einen Wink gibt, näher zu treten, begrüßt er sofort die Person, welche Vormittags bei ihm gewesen ist, mit den Worten:

»Will mir Mademoiselle Potard erlauben, ihr meine Aufwartung zu machen?«

Die große Pelotte sieht ihn einige Augenblicke an und besinnt sich, wo sie ihn gesehen.

»O Du lieber Himmel!« ruft sie erstaunt, »das ist ja der junge Mann von diesem Morgen!«

»Ja, Mademoiselle Pelotte, ich bin Ihr sogenannter Cousin von diesem Morgen. Wie befindet sich Madame Potard, Ihre Frau Mutter, die Logenschließerin im Theater Funambules?«

Das Mädchen bricht in ein lautes Gelächter aus.

»Ha! ha! ha! das ist köstlich! Ich werde noch lange darüber lachen.«

»Was! Sie haben sich schon gekannt?« fragt Blondel.

»Wir waren sogar schon Verwandte. Diesen Morgen war Mademoiselle meine Cousine und hieß Hermine; sie kam zu mir, um ihr ererbtes Vermögen zu fordern.«

»Sie spielte also eine Rolle?«

»Ja wohl, eine Rolle, die ihr ein Freund von mir einstudirt hatte.«

Pelotte, die endlich aufhört zu lachen, reicht Anatol die Hand und sagt zu ihm:

»Kleiner, Sie müssen nicht böse sein, Hippolyt hatte die Komödie in Scene gesetzt. Du weißt, Themire, der schöne Hippolyt?«

»Aha! der sich immer von Frauenzimmern regaliren läßt?«

»Ganz recht. Er kam zu mir und sagte: »Ich kenne einen jungen Einfaltspinsel — Pardon, mein Kleiner, Hippolyt spricht jetzt.«

»Nur weiter, thun Sie sich keinen Zwang an. Es ist mir sehr lieb, die Meinung meiner Freunde kennen zu lernen.«

»Wenn er Ihr Freund ist, so behandelt er Sie sehr gut. Er sagte mir also: »Ich kenne einen jungen Einfalts=pinsel, der eine Cousine sucht, die er nie gesehen und der er ein recht schönes Erbtheil übergeben will; wenn Du die Rolle dieser Cousine spielen willst, so verzehren wir das Geld zusammen, wir können damit ein Leben führen wie Polichinell!« Ich sah darin nur einen Spaß und nahm es an. Er leierte mir nun meine Rolle ein. Es dauerte mit dem Einstudiren ziemlich lange, denn mein Gedächtniß ist gerade nicht ausgezeichnet. Als ich endlich im Stande war, ohne Souffleur zu antworten, sagte ich zu Hippolyt: Jetzt können wir gehen. Und diesen Morgen waren wir bei Ihnen. Sie wissen was geschehen ist. Ich habe nie geglaubt, daß es Ernst sei. Ich ersuchte Sie um eine Abschlagszahlung auf die Erbschaft, ich mußte wohl, daß ich nichts weiter bekommen würde. Sie gaben mir sechzig Francs. und der hungrige Hippolyt ging mir nicht von der Seite, ich mußte ihm ein Diner zahlen. Er sagte unaufhörlich: »Der kleine Anatol ist doch nicht so dumm, wie ich glaubte!« Entschul=digen Sie, ich lasse nur Ihren Freund sprechen; — »aber es deine Schuld, Pelotte, Du hättest keinen Grog verlangen sollen. Es gehörte keineswegs zu deiner Rolle. Die Nasch=haftigkeit wird dein Unglück sein!« Die Sache wurde mir am Ende langweilig, ich ließ den Kellner kommen, bezahlte

das Diner und gab ihm beim Fortgehen den Bescheid, daß
ich in diesem Stücke nicht mehr spielen wolle, er möge sich
nach einer anderen Hermine umsehen. So ist die Sache.
Sind Sie noch böse, mein sogenannter Cousin?«

»Ich bin nie böse auf Sie gewesen. Ich habe nur
eine Bitte an Sie: Wenn Sie Hippolyt wiedersehen, so
sagen Sie ihm nicht, daß Sie mich gesprochen haben und
daß ich die ganze Wahrheit weiß.«

»Fürchten Sie nichts, Sie können sich auf mich verlassen.«

»Alles in der Ordnung!« setzt Blondel hinzu; „jetzt
sollte die ganze Geschichte in Punsch ersäuft werden.«

Anatol regalirt die beiden Mädchen und den Virtuosen Blondel, der trotz der „goldenen Brücken«, die man
ihm überall baut, einen sehr fadenscheinigen Rock trägt.

Man bleibt bis zur Sperrstunde im Kaffeehause. Pelotte, die der Punsch sehr gefühlvoll gemacht hat, erbittet
sich die Begleitung Anatols; aber dieser entschuldigt sich
und läßt die beiden Freundinnen an den Armen Blondel's,
der mit lallender Zunge zu ihnen sagt:

»Wohin können wir jetzt gehen, um etwas zu nehmen?«

-

VII.

Vertrauliches Gespräch.

Anatol begibt sich nach Hause, über die sonderbaren
Vorfälle des Tages nachsinnend.

»Ich habe diesen Hippolyt immer für meinen Freund

gehalten,« sagt er zu sich; »ich habe ihm Geld geliehen und es nicht wieder verlangt. Warum nennt er mich denn einen Einfaltspinsel? Warum stellt er mir ein ganz fremdes Frauenzimmer als meine Cousine vor?«

Aber den andern Morgen hat er dieses Abenteuer vergessen. Gegen zwei Uhr macht er sorgfältig Toilette und begibt sich zu dem Vater der reizenden Adeline; Herr von Barvillier bewohnt ein hübsches Hôtel in der Rue Penthièvre; das ganze Hauswesen ist behaglich und elegant, überall herrscht guter Geschmack, der nicht immer der Begleiter des Reichthums ist.

Anatol schickt sein Cabriolet zurück und tritt in einen Hof, in dessen Mitte ein Blumenbeet das Auge erfreut. Er findet einen höflichen Hausmeister, der ihm den Eingang zur Wohnung zeigt. Aus der Vorhalle kommt er in ein geräumiges Vorgemach, wo ihn ein Diener fragt, was er wünscht.

»Ich wünsche dem Herrn von Barvillier meine Aufwartung zu machen,« antwortet der junge Mann, etwas eingeschüchtert durch den vornehmen Ton, der im Hause zu herrschen scheint.

»Herr von Barvillier ist nicht zu Hause, aber Mademoiselle ist im Salon,« antwortet der Bediente; »wenn Sie eintreten wollen —«

»Es wird mich sehr freuen, ihr meine Aufwartung zu machen, wenn es nicht indiscret ist. Melden Sie Herrn Anatol Desforgeray.«

Der Bediente entfernt sich, kommt aber sogleich zurück und führt Anatol durch einige eben so elegant als be-

haglich möblirte Zimmer; dann öffnet er die Thür eines
prächtigen Salons, deſſen Fenſter in den Garten gehen.

Adeline von Barvillier ſitzt am Fenſter und ſtickt. Sie
ſteht auf und geht Anatol entgegen, der ſehr befangen iſt
und ſeine Verlegenheit hinter jenen alltäglichen Redens=
arten, mit denen man einen Salon zu betreten pflegt, zu
verbergen ſucht. Aber er findet eine ſo freundliche, herz=
liche Aufnahme, daß die Freude ſofort ſeine Befangenheit
vertreibt.

„Es iſt ſehr freundlich von Ihnen, Herr Desforgeray,
daß Sie ſich der Einladung meines Vaters erinnert haben,“
ſagt Adeline, indem ſie ihm einen Stuhl an ihrer Seite an=
bietet. „Mein Vater iſt ausgegangen; aber er wird bald
nach Hauſe kommen, und wenn Sie nicht zu große Eile
haben — und bis zu ſeiner Rückkehr die Zeit mit mir ver=
plaudern wollen, ſo wird er ſich recht freuen, Sie zu
ſehen.“

„O, ich habe gar keine Eile; ich bin völlig Herr
meiner Zeit. Ich fürchte nur indiscret zu ſein und Sie
durch meine Anweſenheit zu beläſtigen —“

„Sie beläſtigen mich gar nicht; ich werde in meiner
Arbeit fortfahren, wenn Sie erlauben; wir können ja
dabei ſprechen.“

„Sie ſind zu gütig, Mademoiſelle. Es iſt ja ſchon ein
ſo großes Glück, bei Ihnen zu ſein —“

„Sie ſehen, ich betrachte bei meiner Arbeit die Wie=
derkehr des Frühlings; die Bäume fangen an, ihr düſteres
Ausſehen zu verlieren, die Knospen zeigen ſich, der ſpa=
niſche Hollunder hat ſchon kleine Blätter; der Jasmin
wird auch bald grün werden, die Roſenſtöcke werden bald

blühen. Es ist so schön, den immer schöner werdenden Früh=
lingsschmuck in einem Garten zu beobachten. Ich bin gern
auf dem Lande — und Sie?«

»Ich habe immer in der Provinz gewohnt, und dort
ist man eigentlich auf dem Lande. Wir haben fast Alle
Gärten, und können in wenigen Minuten in Wäldern und
auf Wiesen sein; wir haben diese Naturschönheit immer
vor Augen und wissen sie deshalb vielleicht weniger zu
schätzen als Sie.«

»Ich sehe wohl, daß Sie lieber in Paris als auf
dem Lande sind. Es gefällt Ihnen hier, nicht wahr?«

»Ja — zumal seit einiger Zeit.«

»Sie gehen wohl oft in's Theater und in Gesellschaften?«

»Bis jetzt bin ich nur bei Madame Belleval gewesen.«

»Sie sind von Herrn Armand Bonquinard vorgestellt
worden?«

»Ja, und ich werde ihm ewig dankbar dafür sein;
denn ihm verdanke ich — das Vergnügen Ihrer Be=
kanntschaft.«

»Sie sind sehr befreundet mit ihm?«

»Das kann ich nicht sagen. Meine Großmutter hatte
mir ein Empfehlungsschreiben an Armands Vater, einen
vormaligen Buchhändler, gegeben. Bei ihm traf ich seinen
Sohn. Herr Bonquinard ist Witwer und wohnt ganz al=
lein; er hat mich kaum eingeladen, ihn zu besuchen. Sein
Sohn hingegen gab mir sogleich eine Adresse. Ich besuchte
ihn. Ich traf bei ihm noch drei andere junge Leute, die sehr
zuvorkommend und freundschaftlich gegen mich waren. Es

war mir sehr angenehm. In meinem Alter ist man so
glücklich, Freunde zu finden.«

»Das ist keineswegs selten. Mein Vater sagt, man
gebe in der Jugend seine Freundschaft gewöhnlich zu schnell
und unbedachtsam hin. — Sie haben also vier Freunde?«

»Ja — wenigstens glaubte ich es anfangs.«

»Und jetzt wissen Sie es nicht mehr gewiß?«

»O, es sind schon sonderbare Dinge vorgegangen —
aber ich will glauben, daß es nur Scherz war.«

»Herr Desforgeray, Sie scheinen arglos, vertrauens-
voll zu sein. Lassen Sie sich durch den Schein der Freundschaft nicht täuschen. — Was ich Ihnen sage, mag in dem
Munde eines jungen Mädchens wohl sonderbar klingen;
aber mein Vater hat mich sehr früh in die Welt eingeführt, und so habe ich Muße gehabt, Welt- und Menschen-
kenntniß zu erlangen. Wenn die Freundschaften unter jungen Männern nicht aufrichtiger sind, als unter Mädchen,
so haben Sie Ursache, auf Ihrer Hut zu sein. — Sind Sie
allein nach Paris gekommen?«

»Nein, Mademoiselle, ich bin mit einem ältlichen
Herrn gekommen, der noch in Paris ist.«

»Nun, dieser Herr wird Ihnen guten Rath geben,
ein wachsames Auge auf Sie haben —«

»O nein, meine Großmama hat sich geirrt, wenn sie
mir einen Mentor zu geben glaubte. Dieser Herr hat viel
mit seinen Abenteuern zu thun. Wir wohnen in einem
Gasthofe und sehen uns zuweilen in vierzehn Tagen nicht.«

»Das ist sonderbar! — Aber Sie scheinen sich dem
Willen Ihres Freundes Armand zu unterwerfen; er spricht
ja mit Ihnen wie ein Lehrer mit seinem Schüler. Bei Ma-

dame Belleval fand ich, daß er sich gegen Sie wie ein Schulmeister benahm.«

»In der That, Mademoiselle, es mußte Ihnen auf=fallen, daß ich mir diesen gebieterischen Ton gefallen ließ. Aber er hatte mich bei Madame Belleval eingeführt, dann hatte er mir Manches anvertraut — in Bezug auf Perso=nen, die ich dort treffen würde —«

»So, über welche Personen?«

»Es war eine vertrauliche Mittheilung, die ich nicht verrathen darf.«

»Sie haben Recht, Herr Desforgeray, die Ihnen an=vertrauten Geheimnisse zu bewahren. Aber Sie werden mir erlauben, Ihren Freund Armand viel zu ruhmredig zu finden. Er ist so von sich eingenommen, daß er jedes artige Wort für eine Huldigung seines Talentes hält. Ich glaube auch, daß er lügt. Und dies ist ein sehr häßlicher Fehler.«

»Es wundert mich, Mademoiselle, daß Sie ihn so streng beurtheilen.«

»Warum wundern Sie sich darüber?«

»Weil ich — weil ich dachte —«

»Was dachten Sie? Antworten Sie deutlicher, ich kann halbe Worte nicht leiden.«

»Ich weiß wirklich nicht, wie ich mich erklären soll. Ich glaube, daß ich mich schlecht ausgedrückt habe — oder vielmehr, ich weiß nicht mehr —«

»Ich will Ihnen zu Hilfe kommen, Herr Desforge=ray. Ihr Freund Armand ist, wie bekannt, sehr von sich eingenommen, und da ich ihm einige Male gesagt habe, es müsse ihn doch recht freuen, das Publicum durch seine

Schriften zu interessiren, so bildet er sich ein, er habe einen tiefen Eindruck auf mich gemacht, und ich denke nur an ihn. — Gestehen Sie es nur, das hat er Ihnen im Vertrauen gesagt?"

Anatol erröthet und weiß nicht, was er antworten soll. Adeline fügt hinzu:

"Sie wollen es aus zarter Rücksicht nicht gestehen; aber Sie mögen mir auch nicht widersprechen, weil ich recht gerathen habe. Folglich kommt Ihr Stillschweigen einem Geständnisse gleich. — Nun, ich kann Ihnen zu meiner großen Freude erklären, daß der junge Literat sich sehr täuscht. Und hätte ich auch die leiseste Neigung zu ihm gehabt, so würde sein Benehmen in der letzten Abendgesellschaft bei Madame Belleval genügt haben, mich gegen ihn einzunehmen, denn ich kann die Gecken nicht leiden und hasse die Lügner."

Anatol vernimmt nicht ohne geheime Freude diese Erklärung Adelinens. Er hatte bis dahin noch nicht gewagt, sich selbst zu gestehen, daß er sie liebte, denn es widerstrebte seinem Redlichkeitsgefühl, sich zum Nebenbuhler seines Freundes zu machen; jetzt aber, da er weiß, daß sie keine Zuneigung zu Armand hat, kommt er zu dem freudigen Bewußtsein, daß es ihm freistehe, sie zu lieben, und vielleicht drücken seine Blicke schon aus, was er denkt, denn das Fräulein von Barvillier schlägt die Augen nieder und fügt hinzu:

"Doch mich dünkt, daß wir genug von Herrn Bouquinard gesprochen haben. Ich glaube mich zu erinnern, daß Sie von einer Cousine sprachen, die Sie in Paris zu finden hofften. Haben Sie sie gesehen?"

»Nein, noch nicht—wenigstens glaube ich es nicht—

»Sie wissen es nicht gewiß?«

»Nein; es haben sich zwei gemeldet —«

»Zwei Cousinen statt einer? Ein sonderbarer Spaß!«

»Ich glaube auch, daß es ein Spaß war und daß sich meine Freunde nur über mich lustig machen wollten.«

»Diese sogenannten Cousinen sind Ihnen also von Ihren Freunden vorgestellt worden?«

»Ja, Mademoiselle. Zuerst führte mir Victor Herme= lange eine zu, und gestern kam Hippolyt d'Jngrande mit einer andern.«

»O, erzählen Sie mir das! Es muß recht unter= haltend sein. — Hatten Sie denn die Herren beauftragt, Ihre Cousine aufzusuchen?«

»Das wohl nicht; sie hatten sich erboten, mir dabei behilflich zu sein. Es ist eine Familiengeschichte — ein Geheimniß, das mir meine Großmama anvertraut hatte, als ich nach Paris abreisen wollte.«

»Und dieses Geheimniß haben Sie Ihren Freunden anvertraut? — Ein Familiengeheimniß! Ei, Herr Desfor= geray, das war doch wichtiger als die vertrauliche Mit= theilung Armands!«

Das Fräulein von Barvillier sprach diese letzten Worte in sehr ernstem Tone. Anatol ist ganz verlegen, er schlägt die Augen nieder und stammelt:

»Sie haben Recht, Mademoiselle, ich sehe jetzt ein, daß ich Unrecht hatte. Ich habe sehr gefehlt, denn meine Freunde haben sich meines Vertrauens nicht würdig ge= zeigt. Aber es ist wohl zu entschuldigen; meine Groß= mutter hatte mir einen sehr schwierigen Auftrag gegeben;

ich wußte nicht, wie ich mich desselben entledigen sollte, ich kannte ja Niemand in der großen Stadt — ich glaubte, meine vermeinten Freunde würden mir zur Erreichung meines Zweckes behilflich sein. Es wäre eine große Freude für mich gewesen, meine junge Cousine wiederzufinden — und meine alte Großmutter hätte ihren sehnlichsten Wunsch in Erfüllung gehen sehen, denn sie hatte ihre unglückliche Mutter sehr lieb.«

Adeline scheint befangen, aufgeregt; sie erwiedert mit bewegter Stimme:

»So! Ihre Großmama hatte sie, die Mutter, sehr lieb? Sie weiß also, daß diese nicht mehr lebt?«

»Sie ist zu der Vermuthung berechtigt, denn sie stand mit ihr in beständigem Briefwechsel; ihr sehnlichster Wunsch war, diese Cousine mit ihrem sehr erzürnten Vater auszusöhnen.«

»Die gute Dame! Und ist es ihr nicht gelungen?«

»Meine Cousine Angelina hörte plötzlich auf die Briefe meiner Großmutter zu beantworten. Der Capitän Desforgeray, Angelina's Vater, begab sich selbst nach Paris, um Erkundigungen einzuziehen; aber es war ihm unmöglich, über seine Tochter etwas zu erfahren. Er würde ihr schon damals, wie er es einige Jahre später auf dem Sterbebette that, verziehen haben.«

»Der Capitän hat seiner Tochter verziehen!« erwiedert Adeline, deren Gesichtszüge einen freudigen Ausdruck annehmen. — Aber sie sucht ihre Aufregung zu bekämpfen und fügt hinzu: »Nicht wahr, Ihre Großmutter lebt noch?«

»Ja, und obgleich sie nahe an achtzig Jahre zählt,

ist sie ganz gesund an Geist und Körper, und immer heiterer Laune.«

»O, ich möchte sie kennen lernen — es würde mich unendlich freuen, sie zu umarmen.«

»Es würde ihr gewiß auch eine große Freude sein, Sie kennen zu lernen. — Da meine Cousine Angelina eine Tochter, Namens Hermine hatte, so ist diese die Erbin des von ihrem Großvater, dem Capitän, hinterlassenen Vermögens. Die Großmama hat dieses Vermögen sicher angelegt, so daß es sich jetzt auf hundertsiebzigtausend Francs beläuft. — Sie können denken wie peinlich uns der Gedanke ist, daß die junge Cousine vielleicht Noth leidet, und das Vermögen liegt doch bereit für sie!«

Adeline scheint tief ergriffen; endlich antwortet sie:

»Ach, es gibt etwas Höheres, als Geld und Gut!— die Liebe und Zuneigung theurer Verwandten!«

Aber sie findet bald ihre gewohnte heitere Stimmung wieder und nach einer kurzen Pause fügt sie hinzu:

»Erzählen Sie doch von den angeblichen Cousinen, die Ihnen von Ihren Freunden zugeführt worden sind. Woher kamen sie?«

»Die eine war Stickerin, die andere Schuhstepperin.«

»Entsetzlich! wenn man denken müßte, daß Ihre Cousine in so traurigen Verhältnissen wäre.«

»Beide behaupteten, ihr Name sei Hermine Des-forgeray.«

»Und wie konnten sie es beweisen?«

»Wahrscheinlich glaubten sie, ich würde mich mit ihren Worten begnügen.«

»Das ist ja ein Betrug — sich unter einem falschen Namen vorzustellen!«

»Meine beiden Freunde wollten wohl nur einen Spaß machen. Die Stickerin kommt übrigens nicht mehr in Betracht; ich traf sie gestern Abends in einem Kaffee= hause und sie gab sich nicht mehr für meine Cousine aus. Ich glaube, mit der Andern wird's eben so gehen, wenn ich sie sehe.«

Die Thür des Salons thut sich auf und Herr von Barvillier begrüßt Anatol mit einem herzlichen Hände= druck.

»Es freut mich,« sagt er, »daß Sie sich meiner Ein= ladung erinnert haben. Meine Tochter hat mir viel Gutes von Ihnen gesagt, und ich verhehle Ihnen nicht, daß ich auf ihre Empfehlung den Wunsch ausgesprochen, Sie bei uns zu sehen.«

»Mademoiselle ist zu gütig — und ich weiß nicht, womit ich ihr Wohlwollen verdient habe —«

»Sie wissen es nicht? Nun dann will ich's Ihnen sagen. Sie sind nicht wie die jungen Männer, die man jetzt überall findet und die größtentheils anmaßend und eingebildet sind und sich für große Geister halten, weil sie sich von verschiedenen Dingen eine oberflächliche Kennt= niß angeeignet haben, weil sie sich mit fünfundzwanzig Jahren rühmen, für alle Jugendfreuden unempfänglich zu sein; die alten, wohlbegründeten Ruf für rococo hal= ten, weil sie vermuthlich ahnen, daß sie sich nie einen Ruf erwerben werden. Sie hingegen, Herr Desforgeray, sind anspruchslos und bescheiden in Gesellschaften, höflich gegen die Damen, ehrerbietig gegen die Greise, und Sie hören

aufmerksam zu, wenn man mit Ihnen spricht. Ja,
Sie sind ein seltener junger Mann. — Ich könnte noch
hinzufügen, daß Sie nicht nach Tabak riechen und daß
Ihnen ein heiteres Gespräch mit gebildeten Mädchen lieber ist als die Atmosphäre eines Rauchzimmers oder
Wirthshauses. Adeline hat alles dies wohl bemerkt; denn
sie ist eine feine Beobachterin. Sie hat mir ihre Bemerkungen mitgetheilt und ich fand sie vollkommen richtig.
Deshalb, mein lieber Herr, habe ich Sie eingeladen, uns
zu besuchen.«

Anatol dankt dem alten Herrn, dessen offenes, freund-
liches Wesen seiner Befangenheit schnell ein Ende macht.
Das nun folgende Gespräch hat einen großen Reiz für ihn,
denn Herr von Barvillier ist eben so geistvoll als kenntniß-
reich. Nach einer halben Stunde nimmt er Abschied von
Vater und Tochter, die ihn von neuem einladen, sie oft zu
besuchen.

Anatol ist überglücklich; er denkt nur an die liebenswürdige Adeline von Barvillier.

»Sie liebt Armand nicht,« sagt er zu sich; »vielleicht
bin ich ihr nicht gleichgiltig. — Sie hat ihren Vater gebe-
ten, mich zu einem Besuch einzuladen — daraus läßt sich
schon schließen, daß ich ihr nicht mißfalle.«

Aber nach einer Weile denkt er seufzend an das Vermögen Adelinens, welches weit beträchtlicher ist als das
seinige.

»Was kann mir's nützen, diese reizende Mädchen zu
lieben! Der Vater wird nie in meine Verbindung mit ihr
willigen. Was ist eine Rente von siebentausend Francs
für einen Mann, der jährlich sechzigtausend Einkommen

hat? Ich bin ihrer nicht würdig; um sie zu verdienen, müßte ich mir ein großes Vermögen erwerben. Dabei fällt mir ein, daß Boudinet behauptet, es hänge nur von mir ab, sehr reich zu werden. Wenn es wirklich so wäre? Aber ich weiß nicht einmal, ob die gekauften Nordbahnactien gestiegen sind.«

Anatol geht in ein Kaffeehaus, nimmt eine Zeitung, sucht den Curszettel und sieht die Nordbahnactien mit neunhundertsechzig notirt. Er erinnert sich, daß er zu neunhundert gekauft hat.

»Wir müssen gewonnen haben!« denkt er frohlockend. »Ich muß Boudinet durchaus sprechen.«

Es war aber nicht leicht, den dicken Börsenspeculanten zu finden. Boudinet wohnte nicht mehr in dem Hause, wo Anatol die Bekanntschaft der Trüffelbrüder gemacht hatte, und er hatte seine Adresse nicht zurückgelassen. Anatol ist anfangs Willens, sich an Armand zu wenden, um Boudinet's Wohnung zu erfahren; aber der Literat hat sich seit einigen Tagen so kalt gegen ihn benommen, daß er sich nicht entschließen kann, zu ihm zu gehen; er will lieber warten, bis Boudinet zu ihm kommt, und er denkt, dieser werde ihm sehr bald das glückliche Resultat ihrer Operation mittheilen.

Vierzehn Tage vergehen; die Abendgesellschaften bei Madame Belleval haben mit dem Winter aufgehört; aber Herr von Barvillier gibt fortwährend kleine zwanglose Gesellschaften, in denen hauptsächlich musicirt wird, und Anatol findet sich immer ein. Armand findet er nie dort; er vermuthet, daß der junge Literat keine Einladung er halten, aber er hält es nicht für schicklich, sich bei der Tochter vom Hause darnach zu erkundigen.

Jeden Morgen studirt Anatol den Curszettel, die Nordbahnactien sind schon über tausend Francs gestiegen und Boudinet kommt nicht, um mit seinem Associé abzurechnen. Eines Morgens endlich, als Anatol auf dem Börsenplatz umhergeht, bemerkt er Boudinet. Er eilt auf ihn zu und hält ihn an. Der Dicke ist im ersten Augenblicke etwas verblüfft, aber er nimmt bald seine joviale Miene wieder an und sagt:

»Ich hoffe, Sie sind zufrieden, lieber Freund. Wir haben ein gutes Geschäft gemacht. Wenn Sie meinen Rath befolgt hätten, würden wir noch weit mehr gewonnen haben. Aber Sie wollen mir nie glauben.«

»Warum kommen Sie denn nicht zu mir, um mir zu sagen, zu welchem Preise Sie verkauft haben?«

»Warum? — Sie sind ungeheuer naiv! Vor Allem muß man doch Zeit haben, und ich habe nie Zeit! — Ich habe zu tausend verkauft, wir haben fünftausend Francs gewonnen. Wenn wir, wie ich wollte, hundert Actien gekauft hätten, so würden wir das Doppelte verdient haben. Sie haben uns also einen Verlust von fünftausend Francs verursacht.«

»Verlust? — Für jetzt haben wir ja fünftausend Francs zu theilen.«

»Allerdings; aber was ist das, wenn man weit mehr haben könnte!«

»Ein anderes Mal werde ich Ihren Rath befolgen. Wann geben Sie mir meinen Antheil?«

»Ich bringe Ihnen das Geld in diesen Tagen; Sie brauchen es ja nicht so nothwendig.«

»Nein, aber es wird mir recht lieb sein, diese Summe zu erhalten. In Paris braucht man viel.«

»O, ich weiß es aus Erfahrung.«

»Ich weiß nicht, wo Sie wohnen. Sie sind ausgezogen?«

»Ich wohne zu Auteuil, um reine Luft zu haben. Im Anfange der Woche, wenn ich Ihnen das Geld bringe, werde ich Ihnen meine Adresse geben.«

»Welchen Tag?«

»Sapperlot, schon ein Uhr! — Ich muß auf die Börse. — Auf Wiedersehen, lieber Freund — und gratuliren Sie sich, daß Sie einen Associé haben, der Ihnen Geld einträgt.«

Boudinet verschwindet, und Anatol sagt zu sich:

»Er trägt mir Geld ein und gibt mir keins — es ist also nicht besser, als ob ich nichts gewonnen hätte.«

VIII.

Vater und Sohn.

Die folgende Woche vergeht, dann noch einige Wochen und Anatol hat Boudinet nicht wieder gesehen. Armand hingegen begegnet er oft; aber der junge Literat behandelt ihn so kalt und scheint immer so geschäftig, daß sie kaum einige Worte wechseln.

Die alte Großmutter schreibt oft an ihren Enkel; sie wundert sich, daß er noch nichts über ihre Cousine Hermine erfahren; sie bittet ihn dringend, die Nachforschungen eifriger zu betreiben, und schließt ihre Briefe immer mit der Ermahnung, seine Gesundheit zu schonen und sich vernünftig zu betragen.

Anatol antwortet seiner Großmama, daß er nunmehr in einem sehr achtbaren Hause Zutritt habe; daß Herr von Barvillier ein sehr angesehener, reicher Mann sei, der eine schöne, liebenswürdige Tochter habe; daß ihm Beide viele Freundschaft erweisen und in ihrer Gesellschaft durchaus nicht zu fürchten sei, daß er dumme Streiche oder schlechte Bekanntschaften mache.

Und darauf antwortet die alte Dame, sie freue sich, daß er in gute Gesellschaft gehe, aber er dürfe sich dadurch nicht abhalten lassen, seine Cousine Hermine zu suchen.

Eines Morgens bemerkt Anatol den jungen Literaten im Garten des Palais=Royal. Statt schnell weiter zu gehen, kommt Armand auf ihn zu. Sein Gesicht ist stark geröthet, sein Auge fieberhaft glühend, und er sagt mit mühsam bekämpfter Aufregung:

»Es freut mich, Sie zu sehen; ich hatte mir schon vorgenommen, zu Ihnen zu gehen, um mich über gewisse Dinge aufzuklären.«

»Sie hätten kommen sollen; wer hat Sie verhindert?«

»O, ich habe selten Zeit, ich bin mit Arbeiten überhäuft. Alle Buchhändler verlangen Romane von mir, in alle Journale soll ich Artikel liefern. Ich weiß nicht, wem ich antworten soll; ich habe in der Nacht kaum zwei Stunden Ruhe; die ganze übrige Zeit muß ich arbeiten. Ich kann nicht, wie Sie, den ganzen Tag flaniren, um nur die Zeit todtzuschlagen.«

»Wollten Sie zu mir kommen, um mir das zu sagen?«

»Das gerade nicht. Herr Longchamp, der unaus= stehliche Schwätzer, der sich in jedes Gespräch drängt, — Sie haben ihn ja bei Madame Belleval gesehen.«

»Ja wohl, ich erinnere mich.«

»Er begegnete mir vor zwei Tagen, und gesprächs= weise sagte er, ja er versicherte, daß er mit Ihnen unlängst bei Herrn von Barvillier gewesen sei. Ist es die Wahrheit? Gehen Sie wirklich in dieses Haus?«

»Ja wohl, und ich erinnere mich recht gut, Herrn Longchamp dort gesehen zu haben.«

»So! Sie gehen zu Herrn von Barvillier? Wie kommt das?«

»Es geht ganz natürlich zu: man hat mich eingeladen.«

»Ich muß Ihnen sagen, daß ich dies sehr auffallend finde.«

»Warum finden Sie es auffallend, daß Herr von Barvillier mich eingeladen, ihn zu besuchen?«

»Weil Sie in diesen Gesellschaftskreisen sehr wenig bekannt sind; weil Herr von Barvillier Sie kaum bei Madame Belleval bemerkt hat; weil er mich weit länger kennt als Sie, und mich noch nicht eingeladen hat, obgleich ich Sie in dieser Gesellschaft vorgestellt habe. Ich weiß wohl, daß es nur von mir abhängen würde, von ihm einge= laden zu werden, aber ich dränge mich nicht auf, ich mache keine Umtriebe, um eine Einladung zu erhalten. Ich achte mich zu sehr, ich kenne meinen Werth; ich katzenbuckele selbst bei den Damen nicht.«

„Ich versichere, lieber Freund, daß ich weder Umtriebe gemacht, noch gekatzenbuckelt habe, um von Herrn von Barvillier eingeladen zu werden. Diese Gunst ist mir ungebeten zu Theil geworden. Ich gestehe, daß ich mich auch darüber gewundert; aber ich verhehle Ihnen nicht, daß es mir große Freude gemacht hat."

„Sagen Sie doch, Herr Anatol Desforgeray, Sie machen dem Fräulein von Barvillier wohl den Hof?"

„Und wenn es wäre?"

„Wenn es wäre! Sehr schön gesprochen, ich werde mir's merken. Erinnern Sie sich denn nicht mehr, was ich zu Ihnen sagte, bevor ich Sie bei Madame Belleval einführte."

„Ueber welchen Gegenstand?"

„Ueber Adeline von Barvillier. Ich war so gütig, Ihnen meine Entwürfe, meine Aussichten für die Zukunft in Bezug auf dieses junge Mädchen mitzutheilen; folglich ist es sehr unzart von Ihnen, meinen Absichten hinderlich sein zu wollen, wenn Sie sich auch nicht die mindeste Hoffnung machen können."

„Ich weiß wohl, was Sie mir damals sagten. Wenn Sie sich nun hinsichtlich der Gefühle dieses Fräuleins getäuscht hätten, würden Sie dann noch erwarten, daß ich Ihren Mittheilungen irgend einen Werth beilege?"

„Wenn ich mich getäuscht hätte — was meinen Sie damit? Drücken Sie sich doch deutlicher aus, mein Lieber, denn der Teufel hole mich, wenn ich von Ihrer Salbaderei etwas verstehe!"

„Ich weiß nicht, ob es Salbaderei ist, wenn man den Leuten die Wahrheit sagt. Und eine andere Absicht

habe ich nicht. Mit Ihren zierlichen, geistreichen Wendungen
verstehe ich die Wahrheit freilich nicht zu sagen.«

»Ich glaube, Sie verhöhnen mich! Haben Sie diesen
Ton etwa in der Gesellschaft des Fräuleins von Barvillier
gelernt? Nehmen Sie sich in Acht, dieser Ton ist gefährlich,
und mit mir können Sie es nimmer aufnehmen!«

»Mein lieber Armand, ich habe keineswegs die Absicht, Sie zu verhöhnen. Es liegt nicht in meinem Charakter und ich finde keinen Gefallen daran.—Sie wünschen
zu wissen, was ich in der Gesellschaft des Fräuleins von
Barvillier gelernt habe? Ich will's Ihnen sagen: Adeline
hat Ihr Benehmen bei Madame Belleval eben so lächerlich
als unschicklich gefunden. Sie versicherte auch, daß sie
Ihnen gar keinen Anlaß gegeben, so zu handeln, und daß
sie Ihnen nicht den mindesten Vorzug vor Anderen gebe.‹

Armand beißt sich in die Lippen und ballt die Fäuste;
man sieht, daß er im Begriffe ist, seinem Zorn freien Lauf
zu lassen. Er bezwingt sich indessen und erwiedert mit gezwungenem Lachen:

»Das sind die Umtriebe einer kleinen Kokette, die
eifersüchtig ist und sich rächen will, weil ich einige Male
mit der liebenswürdigen Mademoiselle Maubray, die sie
nicht ausstehen kann, gesprochen habe. Sie hat wohl geahnt, daß Sie mir's wieder sagen würden; sie versteckt sich
hinter Ihnen, um ihre wirklichen Gefühle zu verbergen.
Ich hätte mir die Sache nicht zu Herzen nehmen sollen;
denn aufrichtig gesagt, Kleiner, auf Sie kann ich doch nicht
eifersüchtig sein. Urtheilen Sie ganz unbefangen: können
Sie mit mir in die Schranken treten? Von dem Aeußern
will ich nichts sagen; Sie sehen nicht übel aus, aber Sie

haben nichts Männliches; Sie treten nicht entschieden auf und haben keine Haltung — ich hingegen weiß in einen Salon einzutreten, und das ist viel. Am meisten aber gewinnt man das schöne Geschlecht durch Talent und Ruf. Und in dieser Beziehung habe ich Niemand zu beneiden; meine Erfolge sind kolossal; mein Name wird von Jedermann genannt; meine Romane machen Furore; mein letzter: »Die Kinder des Ackermannes,« übertrifft noch »Adolphine«; man macht Queue bei den Buchhändlern, um ihn zu kaufen; die erste Auflage ist schon vergriffen, und ich wette, daß das Buch zehn Auflagen erleben wird.«

Der junge Literat wird durch seinen Vater unterbrochen, der plötzlich zwischen die beiden jungen Leute tritt und sich zuerst an seinen Sohn wendet:

»Da bist Du ja! Es freut mich, daß ich Dich treffe. Ich habe Dich lange gesucht; aber die Hausmeisterin sagt immer, Du seiest nicht zu Hause. Vermuthlich lässest Du Dich verläugnen. — Guten Morgen, Herr Desforgeray — Ihr Diener. — Weißt Du wohl, Armand, daß Du mich übervortheilt — schmählich übervortheilt hast!«

»Was sagen Sie da, Vater? Sie haben mich übervortheilt, Sie haben mir nur fünfhundert Francs für meinen Roman bezahlt —«

»Nur fünfhundert Francs! Er ist ja nicht hundert werth — nicht zwei Sous. Der Roman ist ja gar nicht beendet!«

»Was! nicht beendet?«

»Nein; als ich die Dummheit beging, ihn zu kaufen, hattest Du erst die drei ersten Bände fertig, der vierte war noch nicht geschrieben. Herr Desforgeray war dabei, er kann's bezeugen.«

»Wir brauchen nichts bezeugen zu lassen, ich weiß es; aber ich habe Ihnen den vierten Band acht Tage nachher geliefert —«

»Das heißt, Du hast mir ein ganz erbärmliches Manuscript geliefert, in welchem gar nichts enthalten ist. Die ersten drei Bände taugen nicht viel, aber es steht doch etwas darin, der vierte Band hingegen bringt keine Entwicklung, keine Lösung des schlechtgeschürzten Knotens. Kein Wunder also, daß alle Leute sagen: welch' ein schlechtes Machwerk! Das Ende begreift man nicht, oder vielmehr der Roman hat gar kein Ende.«

»Wer das sagt, ist ein Esel!«

»Aber ich bin kein Esel, und ich habe wohl gesehen, daß Du den letzten Band zusammengeschmiert hattest. Du hast gedacht, das Manuscript ist verkauft, ich brauche mir keine Mühe mehr zu geben — um so weniger, da mein Vater der Verleger ist.«

»O, wie können Sie —«

»Kurz und gut, es gibt Maculatur. Ich habe hundertfünfzig Exemplare von deinem Roman verkauft; sechshundert habe ich drucken lassen, und Niemand fragt mehr darnach; man schickt ihn zurück und läßt mir sagen: Es ist ein schlechtes Machwerk, das nicht einmal einen Schluß hat. Es bleiben also vierhundertfünfzig Exemplare als Ladenhüter. — Eine schöne Geschichte! Da habe ich wieder Geld weggeworfen!«

»Vater, es ist wahrscheinlich eine von meinen Collegen ausgehende Verleumdung; man bekritelt meinen

Roman aus Neid. Es ist Ihre Schuld, daß Sie nicht mehr
verkaufen. Sie wollen weder Annoncen noch Anschlagzettel
bezahlen. Während andere Verleger ihre neuen Werke
ausposaunen, wollen Sie nicht einmal hundert Sous für
Bekanntmachungen ausgeben.«

»Gute Bücher bedürfen keiner Anpreisung, sie gehen
gleich nach ihrem Erscheinen ab wie warme Semmeln.
Zum Beweise könnte ich die Romane des in Frankreich und
im Auslande am meisten gelesenen Schriftstellers anführen;
sie werden nicht angekündigt, nicht angepriesen. Nur die
Schwachköpfe verlassen sich auf Anpreisungen, sie können
nicht essen und nicht schlafen, bis ihnen ihr Journal einen
allgemeinen Frieden verkündet. Wenn diese Leute unsern
fruchtbaren Schriftsteller begegnen, sagen sie zu ihm:
»Sie ruhen sich jetzt aus, Sie schreiben ja nichts mehr.«
Und er gibt jedes Jahr einen neuen Roman heraus.
Glücklicherweise besteht die Welt nicht blos aus Schwach=
köpfen, und der Verleger setzt seine Auflage schnell ab.
Und das ist die Hauptsache.«

»Sie beklagen, daß Sie mir fünfhundert Francs für
meinen Roman bezahlt haben; ich habe noch mehr Ursache,
diesen Vertrag zu bereuen, denn eine Viertelstunde nach=
dem Sie mit den drei ersten Bänden fortgegangen waren,
kam Herr Bidot und bot mir zwölfhundert Francs. Herr
Desforgeray war noch da, er kann mir's bezeugen.«

»Ich könnte Dir deine Antwort zurückgeben: wir
brauchen nichts bezeugen zu lassen; aber ich bin zu höflich, um
so zu sprechen, und ich will glauben, was Herr Desforgeray
mir sagen wird. — Ist es wahr, daß man ihm für den

Roman, den ich um fünfhundert Francs baar gekauft, zwölfhundert Francs geboten hat?«

»Ja, Herr Bouquinard,« antwortet Anatol; »Ihr Sohn sagt die Wahrheit. Ein Herr kam sehr bald nach Ihnen; er nannte seinen Namen; es war Herr Bidot.«

»Bidot! Ja, ich kenne wohl — ein dicker blonder Mann; er ist ein College von mir.«

»Er bot Ihrem Sohne auf der Stelle zwölfhundert Francs für den Roman, an welchem er noch arbeitete — und zwar sechshundert baar und den Rest bei Empfang des vollständigen Manuscripts.«

Bouquinard sinnt eine kleine Weile nach.

»Und du hast den Antrag nicht angenommen?« fragt er seinen Sohn.

»Wie konnte ich ihn denn annehmen? Ich hatte Ihnen ja meinen Roman verkauft und übergeben.«

»Du bist ein Gimpel, Du verstehst nichts von Ge= schäften. Du hättest einige Stunden Bedenkzeit verlangen sollen; Du wärst dann zu mir gekommen und hättest zu mir gesagt: Ich habe Gelegenheit, meinen Roman um siebenhundert Francs theurer zu verkaufen; wenn Sie unsern Vertrag zerreißen wollen, so theile ich die sieben= hundert Francs mit Ihnen.« — Höchst wahrscheinlich würde ich diesen Antrag angenommen haben, und jetzt würde es mich sehr freuen, wenn Bidot die Suppe aus= gefressen hätte!«

»Ich gestehe, daß ich auf diesen Gedanken nicht ge= kommen bin,« erwiedert Armand.

»Du siehst wohl, daß Du in Geschäftssachen noch ein Stümper bist. Du solltest mich immer in Rath nehmen.«

*

„Es ist wahr. Ja wohl, in Berechnungen sind Sie mir weit überlegen. — Ich bereue jetzt doppelt, daß ich's nicht gethan; Bidot würde meinen Roman ausposaunt haben, und man würde mir jetzt nicht vorwerfen, daß er keinen Absatz finde. — Beruhigen Sie sich nur, Vater, den neuen Roman, an welchem ich jetzt arbeite, bekommen Sie nicht."

„Das will ich hoffen!"

Armand entfernt sich sehr verstimmt. Sein Vater bleibt noch eine Weile bei Anatol stehen.

„Er wird sich machen," sagt Bouquinard; „aber er muß viel arbeiten. Die jungen Schriftsteller schmieren in aller Eile etwas zusammen, um bald Geld zu bekommen und flott zu leben, und wir Buchhändler haben dann Laden=hüter, Maculatur! — Das Buchhändlergeschäft wird mit jedem Tag schlechter; die kleinen Journale zu einem oder zwei Sous machen die Bücher todt; die Leihbibliotheken gehen ein. Wenn das so fortgeht, wird sich am Ende kein Verleger für einen Roman mehr finden. Ich sehe nur noch Ein Mittel, das theure Honorar zu ersparen; wir müssen selbst Romane schreiben. Nun, wenn ich mir die Mühe geben wollte, so würde ich so gut wie ein Anderer einen Roman schreiben. Wenn Romane in Versen guten Absatz fänden, so hätte ich einen fertig; ich mache gern Verse, und ich kann ohne Ruhmredigkeit sagen, daß sie mir recht gut gelingen. — Haben Sie die Verse gelesen, die ich un= längst für ein kleines Journal geschrieben?"

„Nein, Herr Bouquinard."

„Ich werde sie Ihnen sammt dem Journal schicken; sie haben großen Beifall gefunden. — Ich lege natürlich gar keinen Werth darauf. Die jungen Leute halten uns für Einfaltspinsel, die man leicht hinter's Licht führen könne; aber wir sind pfiffiger als sie. — Apropos, haben Sie Armands letzten Roman gelesen?«

»Nein, ich habe ihn nicht —«

»Ich will Ihnen das Buch mit dem Journal schicken.«

»Ich mag den Roman nicht lesen; Sie sagen ja selbst, er sei erbärmlich!«

»O, das habe ich gesagt, weil er den Schluß etwas flüchtig gearbeitet hat; ich wollte ihn dadurch anspornen. Aber es sind hübsche Stellen, spannende Situationen darin. Und einen Roman Ihres Freundes können Sie doch nicht ungelesen lassen; Sie sollen ihn kostenfrei in's Haus geliefert bekommen. Ich verkaufe ihn zu zwanzig Francs; Ihnen lasse ich ihn zu achtzehn. — Ei, dort geht Bidot. Wenn ich ihm den Rest meiner Auflage aufhängen könnte! — Auf Wiedersehen, Herr Desforgeray. Morgen erhalten Sie das Exemplar.«

Und Bouquinard verläßt Anatol, um seinem Collegen nachzulaufen.

IX.

Eine Unbesonnenheit. — Dritte Hermine.

Zwei Monate sind verflossen. Es vergehen selten drei oder vier Tage, ohne daß der junge Desforgeray zu Herrn von Barvillier geht. Er findet daselbst immer eine äußerst freundliche Aufnahme, und wenn er ein paar Tage länger als gewöhnlich ausgeblieben ist, macht ihm die reizende Adeline sanfte Vorwürfe.

„Es gefällt Ihnen nicht bei uns," pflegt sie dann zu sagen; „Sie unterhalten sich besser mit Ihren Freunden. Ich finde es begreiflich, und deshalb werden Ihre Besuche seltener."

Anatol versichert, daß er die Stunden, die er bei ihr sei, die glücklichsten seines Lebens nenne; aber er fürchte indiscret zu sein, wenn er so oft komme, wie er es wünsche.

„Was berechtigt Sie denn zu dieser Besorgniß?" er= wiedert Adeline. „Sind Sie uns denn nicht jederzeit will= kommen? Haben Sie Ursache, an der Freundschaft meines Vaters zu zweifeln? Und haben Sie jemals bemerkt, daß ich mich bei Ihnen langweile? — Sie müssen uns nicht als ge= wöhnliche Bekannte betrachten; wir sind wahre Freunde, die Ihnen aufrichtig zugethan sind, und Sie haben nie zu fürchten, uns zu belästigen oder zu oft zu kommen."

Eine so freundliche Sprache, von nicht minder freund= lichen Blicken begleitet, konnte die Liebe, welche Anatols Herz erfüllte, nur vermehren. Er war zu zaghaft, zu schüchtern, sich zu erklären, aber das sittsamste Mädchen weiß die Gefühle, die sie einflößt, immer zu errathen und höchst wahrscheinlich verstand Adeline, was ihr stiller An= beter ihr nicht gestehen mochte.

So oft als Anatol die liebliche Zauberin verließ, kehrte er traurig und in sich gekehrt in sein Zimmer zurück.

„Was kann mir's nützen, sie zu lieben!" dachte er; „sie kann ja doch nie mein werden. Sie ist zu reich, und ich kann nicht wagen, um ihre Hand zu werben. Und sie als die Frau eines Andern zu sehen, das würde ich nicht überleben! — Armand scherzt freilich über die Liebe und

meint, man sterbe nie davon. Victor behauptet, nur
Schwachköpfe könnten sich verlieben. Hippolyt hat die
Liebe zum Gegenstande der Speculation gemacht. Ich kann
nicht begreifen, wie man so denken kann; ich habe andere
Ansichten, andere Gefühle. — Und Boudinet, der mich
steinreich machen wollte und mir das Geld, das er mir
schuldet, nicht einmal bringt!»

Aber eines Morgens kommt Boudinet. Er ist geschäftig, eilig, wie immer, und in seiner rosenfarbensten
Laune.

»Da sind Sie endlich!« ruft ihm Anatol entgegen.
»Wahrhaftig, Sie sind sehr wortbrüchig; Sie hätten schon
längst zu mir kommen sollen. Es sind mehr als zwei Monate, als Sie mir begegneten. Jetzt werden Sie mir hoffentlich meinen Antheil an dem Gewinne bringen.«

»Nein, lieber Freund, ich bringe Ihnen nichts.«

»Warum nicht?«

»Ich will's Ihnen nur gestehen, Kleiner: ich habe
Alles ausgegeben. Ich war total abgebrannt — eine liebenswürdige Schöne bat mich dringend, ihr aus der Verlegenheit zu helfen, ich konnte es ihr nicht abschlagen.«

»Ich habe auf dieses Geld gezählt; ich wollte von
meiner Großmutter nicht schon wieder einen Wechsel verlangen.«

»Beruhigen Sie sich, Sie sollen eine weit größere
Summe gewinnen. Es ist jetzt ein günstiger Moment zu
großartigen Operationen. O, ich habe die Platzverhältnisse studirt; die Rente ist gefallen, sie muß steigen, es
kann nicht fehlen. — Wollen Sie sich heute auf mich verlassen? Wollen Sie endlich reich werden?«

»O ja, ich möchte gern reich werden.«

»Das läßt sich hören, dieser edle Ehrgeiz gefällt mir. — Hier, lieber Freund, unterzeichnen Sie diesen Brief, den ich schon aufgesetzt habe, um keine Zeit zu verlieren; ich schicke ihn sofort an unsern Wechselagenten.«

»Ein Brief an unsern Wechselagenten?«

»Ja, eine Kaufordre, wenn Sie lieber wollen.«

»Was wollen Sie denn jetzt kaufen?«

»Wir speculiren auf die Rente. Aber Sie sollen nicht wissen, was ich verlange, Sie würden zaghaft werden. Unterzeichnen Sie nur in gutem Glauben. Ich denke doch, daß Sie Vertrauen zu mir haben können. Habe ich Sie früher etwa irregeführt?«

»Nein, aber ich möchte doch wissen —«

»Ich kenne Sie: wenn Sie den Brief lesen, werden Sie Bedenken tragen zu unterzeichnen. Ich frage Sie noch einmal: Wollen Sie reich werden?«

»Ja — ja, es ist mein sehnlichster Wunsch.«

»Nun, so unterzeichnen Sie!«

Anatol entschließt sich und unterzeichnet die Kaufordre, ohne sie zu lesen. Boudinet siegelt schnell den Brief, steckt ihn in die Tasche und nimmt seinen Hut.

»Sie wollen mich schon verlassen?« sagt Anatol.

»Theuerster, man muß immer vor Mittag bei den Wechselagenten sein.«

»Aber wann werde ich das Resultat dieser Operation erfahren?«

»O, wir haben Zeit. Wir kaufen für Ende des Monats, und es ist heute erst der fünfzehnte. Wir müssen den Ultimo abwarten.«

»So lange!«

»Vierzehn Tage vergehen schnell! — Auf Wiedersehen, lieber Freund, freuen Sie sich im Voraus! Bald können wir uns auf Gold wälzen!«

»Geben Sie mir doch Ihre Adresse, ich weiß Sie sonst nicht zu finden.«

»Zu Auteuil, am Platz, in dem Hause, welches einst Boileau bewohnte. Adieu!«

Boudinet eilt davon. Anatol hat doch einige Bedenken: er hätte den Brief lesen sollen, bevor er ihn unterzeichnet. Er kann sich nicht verhehlen, daß er unbesonnen gehandelt, daß er den guten Rath seiner Großmutter nicht befolgt. Aber bald sieht er sich im Geiste viel reicher, als er ist, und dann will er Adelinen seine Liebe gestehen und um ihre Hand werben. Einen Korb hat er dann nicht zu fürchten. Die Phantasie hat Flügel; man nennt sie oft eine Närrin; aber sie macht mehr Menschen glücklich als die Wirklichkeit.

Während er mit dem Baue seiner Luftschlösser beschäftigt ist, thut sich die Thür auf und Armand Bouquinard erscheint mit einem jungen, einfach und sittsam gekleideten Frauenzimmer. Der junge Literat sieht so ernst und würdevoll aus wie ein Untersuchungsrichter, als er Anatol seine Begleiterin vorstellt. Da die beiden jungen Männer seit einiger Zeit auf einem gespannten Fuße stehen, so finden Vorstellung und Empfang mit etwas steifem Ceremoniell statt.

»Herr Anatol Desforgeray,« sagt Armand, »erlauben Sie mir, daß ich Ihnen Mademoiselle Hermine Clémandon, Musik- und Tanzlehrerin, vorstelle. Sie steht Ihnen, wie ich glaube, sehr nahe. Ich hatte zuerst die Absicht, Sie zu ihr zu führen, aber sie empfängt keine Männerbesuche, und es ist mir kaum gelungen, sie in der Wohnung einer ihrer Schülerinnen zu sprechen.«

Anatol mustert die neue Cousine. Sie ist weder hübsch noch häßlich; aber ihre zusammengepreßten Lippen, ihre spitze Nase und ihre beständig gesenkten Blicke bekunden weder Herzensgüte, noch Offenheit des Charakters. Es ist kein einnehmendes Gesicht, und fast ohne Anatol anzusehen, nimmt sie den dargebotenen Sessel an. Armand nimmt ebenfalls Platz.

»Ich habe also mit Mademoiselle gesprochen,« fügt er mit dem einmal angenommenen ernsten Tone hinzu, »ich konnte sie nur mit einiger Mühe bewegen, mir ihre Familien= verhältnisse anzuvertrauen — wenigstens so viel sie davon weiß, denn in dem Alter, wo sie ihre Mutter verlor, gibt es so viele Dinge, die man vergißt. Der Name Hermine, den Mademoiselle führt, fiel mir sogleich auf; auch ihr Familienname Clémandon schien mir zu dem Namen, den Ihre Cousine Angelina in Paris führte, in einiger Be= ziehung zu stehen. Deshalb dachte ich, sie könne wohl die Verwandte sein, die Sie suchen. Ich sprach mit ihr darüber, und beredete sie endlich, mich zu Ihnen zu begleiten. Ich habe somit gethan, was mir unsere vormalige Freundschaft zur Pflicht machte. Jetzt ist es an Ihnen, Mademoiselle Hermine zu befragen; ich bin in dieser Angelegenheit nur ein Vermittler, aber ich glaube Ihnen einen wesentlichen Dienst erwiesen zu haben.«

Anatol rückt der jungen Person näher, deren Gesichts= züge und steife Haltung keineswegs geeignet sind, Ver= trauen zu wecken. Da sie indeß schweigt und eine Anrede zu erwarten scheint, so entschließt er sich, das Gespräch anzuknüpfen.

»Mademoiselle, Sie heißen also Hermine?«

»Ja, mein Herr.«

»Hermine Clémandon?«

»Ja, mein Herr.«

»Ihre Frau Mutter hatte einen andern Namen?«

»Ich glaube wohl; aber ich war noch so jung, als ich meine Mutter verlor, daß ich mich nicht mehr erinnere, was sie damals über ihre Familie sagte. Ich glaube jedoch den Namen Desforgeray aus ihrem Munde gehört zu haben. Sie sagte auch, ihr Vater habe sie verstoßen und wolle sie nicht mehr sehen. Und das machte ihr viel Kummer.«

»Wie alt waren Sie, als Ihre Mutter starb?«

»Ich glaube, vier Jahre und einige Monate. Eine gute Dame, die unsere Nachbarin war, nahm mich auf und ging mit mir auf's Land. Diese Dame nahm sich meiner an, und ließ mir Musikunterricht geben —«

»Und Tanzunterricht,« ergänzt Anatol; »denn wie mir Armand sagt, sind Sie auch Tanzlehrerin —«

»Ich — Tanzlehrerin, behüte!«

»Ich hatte mich geirrt!« fällt Armand ein, »ich war schlecht berichtet worden. Mademoiselle ist nur Musiklehrerin.«

»Und die Dame, die sich Ihrer angenommen?«

»Ist vor drei Jahren gestorben. Ich ging nun wieder nach Paris, wo man leichter Lectionen bekommen kann, als in der Provinz.«

»Hat sie Ihnen aus dem Nachlasse Ihrer Mutter nichts übergeben?«

„O ja, ein Medaillon mit dem Porträt einer bejahr=
ten, sehr ehrwürdig aussehenden Dame. Sie sagte zu mir:
„Deine Mutter hielt dieses Porträt sehr werth, es muß
das Bild einer Verwandten von Dir sein. Auch ein Packet
Briefe hat sie mir mit der Weisung anvertraut, Dir das=
selbe zu übergeben, wenn Du verständig genug sein wür=
dest, um die Briefe zu lesen und die Geschichte deiner un=
glücklichen Mutter kennen zu lernen. Aber Du wirst Dich
erinnern, daß ein ungeschicktes Dienstmädchen vor einigen
Jahren die Vorhänge anzündete; ein Theil meiner Mö=
belnverbrannte, und unter denselben war ein kleiner Schreib=
tisch, in welchem ich die kostbaren Briefe aufbewahrte.« —
Sie können leicht denken, mein lieber Herr, wie schmerzlich
mir dieser Verlust war. Ich war damals schon verständig;
ich würde die Geschichte meiner Mutter kennen gelernt
und bestimmte Nachricht über meine Verwandten erhalten
haben — aber das Schicksal wollte es nicht.«

„Aber Sie haben doch wenigstens das Medaillon,
welches Ihre Gönnerin Ihnen übergeben?«

„Mein Gott! Es hat mich ein seltsames Mißgeschick
verfolgt. Vor drei Monaten hatte ich das Medaillon noch,
aber beim Umzuge in eine andere Wohnung ist es ver=
schwunden. Ich weiß nicht, ob ich es verloren habe, oder
ob es mir gestohlen wurde; aber seit jenem verwünschten Um=
zuge konnte ich es nicht finden.«

„Das ist wirklich ein unersetzlicher Verlust,« erwie=
dert Anatol; „dieses Medaillon mußte das Porträt mei=
ner Großmutter enthalten, die Vorweisung desselben
würde alle Zweifel gehoben haben, Sie hätten dadurch
beweisen können, daß Sie wirklich meine Cousine sind.«

»Soll denn Mademoiselle ihrer Erbansprüche verlustig sein,« warf Armand ein, »weil sie ein Medaillon verloren, weil sie das Unglück gehabt hat, einige Briefe durch eine Feuersbrunst zu verlieren?«

»Das will ich nicht sagen; ich meine nur, daß es sehr fatal ist.«

»Mademoiselle Hermine heißt Clémandon. Hatte Ihre Cousine Angelina diesen Namen hier nicht angenommen?«

»Ja wohl.«

»Nach meiner Meinung bedarf es keines andern Beweises. Mademoiselle weiß ja um das Medaillon und die Briefe; jenes hat sie besessen, und es ist nicht ihre Schuld, daß ihr die Flammen das Briefpacket geraubt haben.«

Anatol schweigt eine kleine Weile. Unterdessen sitzt Hermine Numero drei in ihrer steifen Haltung und mit gesenkten Blicken. Endlich sagt der junge Desforgeray zu ihr:

»Mademoiselle, ich zweifle keineswegs an der Wahrheit Ihrer Aussage. Ich will an meine Großmutter schreiben, und sobald ich eine Antwort erhalte, werde ich mich beeilen, Sie wiederzusehen. — Ich bitte um Ihre Adresse.«

»Und wir zweifeln nicht,« erwiedert Armand, »daß mit der Antwort zugleich das Erbtheil kommen wird, auf welches Mademoiselle Ansprüche hat.«

Die dritte Hermine steht auf, macht eine steife Verbeugung, übergibt dem jungen Desforgeray ihre Adresse und geht auf die Thür zu, wo sie sich noch einmal verneigt.

Als sie fort ist, sagt Armand eifrig:

»Diese ist wirklich Ihre Cousine. Ich habe nicht den mindesten Zweifel.«

»Ich gestehe, daß ich es für möglich halte.«

»Glauben Sie mir, sorgen Sie dafür, daß sie ihr Erbtheil recht bald bekomme, denn sie ist nicht glücklich. — Ich habe mich erkundigt und erfahren, daß sie elende Clavierstunden gibt, die ihr kaum den nothwendigen Lebensunterhalt eintragen.«

»Ich werde sogleich nach Montpellier schreiben.«

»Apropos, gehen Sie noch zu Herrn von Barvillier?«

»O ja, ziemlich oft.«

»Und Sie machen der schönen Adeline noch immer den Hof?«

»Ich mache ihr nicht den Hof, aber ich verhehle Ihnen nicht, daß ich sie leidenschaftlich liebe.«

»Glauben Sie mir, Kleiner, Sie verlieren Ihre Zeit. Diese reiche Erbin ist nicht für Sie. Beschäftigen Sie sich mit Ihrer Cousine Hermine, das ist besser als für eine Schöne zu schwärmen, die sich über Sie nur lustig macht. — Auf Wiedersehen!«

Armand verläßt Anatol und sagt zu sich:

»Ich will Dich lehren, mir in den Weg zu treten!«

»Sie macht sich über mich lustig!« denkt Anatol, den die letzten Worte Armands tief verletzt haben. — »O nein, Adeline von Barvillier ist keine Kokette! — Ich habe ihr auch nie gesagt, daß ich sie liebe, und wenn sie es errathen hat, aus welchem Grunde sollte sie ein leichtfertiges Spiel mit meiner Liebe treiben? Ist es denn Spott und Hohn, daß sie so freundlich gegen mich ist; daß sie mich durch ihren Vater einladen läßt; daß man mich im Hause wie einen alten Bekannten behandelt?«

Anatol wird in seinen Grübeleien wieder durch Mitonneau unterbrochen. Sein Nachbar stürzt ins Zimmer und sagt in großer Aufregung:

»Lieber Freund — guter Anatol — Sie sehen mich ganz erstaunt, verblüfft. Wahrhaftig, Alles was mir begegnet, streift ans Unglaubliche.«

»Ist Ihnen Canardière wieder begegnet?«

»Nein, diesesmal seine Frau.«

»Die empfindsame Eleonore?«

»Ja, die empfindsame, die pikante Eleonore. Rathen Sie, wo sie mir begegnet ist.«

»Was weiß ich? Auf dem Boulevard — oder auf der Straße?«

»Nein, lieber Freund, auf dem Fischmarkte. Sie kaufte Makrelen — und dazu trug sie einen Korb, aus welchem zwei Kaninchenpfoten hervorschauten.«

»Und was weiter?«

»Was weiter! Sie trug ein Kopftuch und ein Schürze. Können Sie glauben, daß Canardière seine Frau so ausgehen läßt?«

»Haben Sie mit ihr gesprochen?«

»Ich! Das fehlte noch! Ich besitze zu viel Selbstachtung, um mit Frauenzimmern zu sprechen, die ein Kopftuch tragen. Und hätte sie auch einen Kaschmir und Federhut getragen. ich würde sie doch nicht angeredet haben. Ich ging rasch fort; leider hatte sie mich bemerkt und erkannt. Und sie lief mir nach sammt ihren Makrelen und Kaninchen. Ich hörte sie rufen: »Hören Sie doch, Herr

Dingsda! Gehen Sie doch nicht so geschwind!« — Statt ihr zu antworten, fing ich an zu laufen und stieg in den ersten Omnibus, den ich bemerkte. — Der Spaß hat mich sechs Sous gekostet, aber ich bin glücklich davongekommen. Was sagen Sie zu dieser Keckheit? Mich am hellen Tage zu verfolgen. Wenn Canardière uns begegnet wäre!«

Anatol hat schon längst nicht mehr zugehört. Ohne von Mitonneau Notiz zu nehmen, nimmt er seinen Hut und eilt zum Zimmer hinaus.

»Ich will sie sprechen!« sagt er zu sich. — »Nein, nein, es kann nicht wahr sein. Armand hat es aus Bosheit gesagt. Sie macht sich nicht über mich lustig.«

X.

Titine.

Anatol begibt sich zu Herrn von Barvillier. Im Laufe des Tages findet man den alten Herrn selten zu Hause; seine Tochter hingegen ist fast immer zu treffen, und dem jungen Desforgeray wurde die besondere, sonst nur ihren Freundinnen gewährte Gunst zu Theil, ihr im Salon Gesellschaft leisten zu dürfen.

Heute ist Anatol befangener und aufgeregter als sonst. Die Hoffnung, an der Börse viel zu gewinnen, hat ihm mehr Muth und Selbstvertrauen gegeben; aber die Worte Armands haben ihn wieder zaghaft gemacht. Und zwischen diesen widerstrebenden Gefühlen schwankend, von seiner ungestümen, schwärmerischen Leidenschaft getrieben, eilt er zu Adelinen.

Diese bemerkt sogleich seine Aufregung.

»Was fehlt Ihnen denn, Herr Desforgeray?« fragt sie. »Sie scheinen unruhig, zerstreut. Sie haben doch keine unangenehme Nachricht erhalten? Ist Ihre Großmama etwa krank?«

»Nein, Mademoiselle. Gott sei Dank! sie befindet sich wohl, sie hat mir vor Kurzem geschrieben.«

»Woher kommt denn Ihre Verstimmung?«

»Sehe ich denn verstimmt aus?«

»Ja wohl, Sie sind nicht wie sonst. — O, ich sehe es auf den ersten Blick! — Haben Sie Verdruß gehabt? Oder brauchen Sie Geld? Ich will Ihnen leihen, was Sie wünschen —«

»O, Mademoiselle, wie können Sie das glauben?«

»Nun, was wäre denn so Wunderbares daran? Junge Leute können ja täglich in Geldverlegenheit kommen. Man kann im Spiel verloren haben; man kann vergessen haben, Ihnen zur rechten Zeit einen Wechsel zu schicken — was weiß ich! — Es scheint Ihnen sonderbar, daß ich Ihnen dieses Anerbieten mache. Warum denn? Ich habe weit mehr, als ich ausgebe. Mein Vater gibt mir immer Geld, damit ich alle meine Launen befriedige; er ist so gut mit mir! Aber ich habe nur selten Launen, und deshalb lege ich immer viel Geld zurück. Männer sind einander gefällig, warum sollte ein Mann nicht dieselbe Gefälligkeit von einer Freundin annehmen?«

»Mademoiselle, mich dünkt, daß es nicht Sitte ist. Uebrigens bin ich nicht in der Lage, von Ihrem gütigen Anerbieten Gebrauch zu machen, ich sage Ihnen verbindlichen Dank.«

»Dann haben Sie etwas Anderes auf dem Herzen.
— Ach! wenn ich einer von Ihren vier Freunden wäre,
würde ich's gewiß schon wissen.«

»Es gibt Dinge, die man nicht sagen mag — obgleich
man sie gern mittheilen würde.«

»Ich begreife nicht, was uns hindern könnte, unsere
Gedanken auszusprechen. Ich bin aufrichtig und offen;
aber nicht alle Menschen sind es.«

»O, ich bin nicht arglistig,« erwiedert Anatol; »ich
fürchte nur verspottet zu werden —«

»Warum sollte man Sie denn verspotten? Was haben
Sie denn gethan, um das zu fürchten?«

»Ach! ich fühle, daß ich sehr vermessen bin — ich
liebe eine Person, welche meine Gefühle nie erwiedern
kann — oder vielmehr nicht erwiedern wird. Nicht wahr,
es ist nicht recht von mir?«

Adelinens Gesicht ist ernster geworden, aber ihre
Augen drücken mehr Rührung als Strenge aus. Nach
einer für Anatol sehr peinlichen Pause — denn er
fürchtet, Adeline beleidigt zu haben — antwortet sie
endlich:

»Wissen Sie gewiß, daß Sie das Mädchen lieben?
Denn ich vermuthe, daß es ein Mädchen und keine
Dame ist.«

»O ja, sie ist ein Mädchen — ein herrliches, liebens-
würdiges Mädchen, begabt mit allen Vorzügen: Schönheit,
Anmuth, Geist, Talent, Herzensgüte —«

»Und warum vermuthen Sie, daß dieses Mädchen
Sie nicht lieben könne?«

»Weil ich im Vergleich mit ihr so unbedeutend bin;

sie ist sehr reich, und ich habe nur ein mäßiges Einkommen.«

»Sie glauben also, daß sie sehr viel Werth auf das
Geld lege und daß sie bei der Wahl ihres künftigen Gat-
ten keinen andern Zweck habe, als ihr Vermögen zu vermehren?«

»Das will ich nicht sagen; aber — die Eltern denken
nicht wie ihre Kinder —«

»Wenn Sie wirklich von ihr geliebt werden, so kann
die Ungleichheit des Vermögens kein Hinderniß sein.«

»Nun vielleicht werde ich in Kurzem auch sehr reich.«

»Sie, wie denn?«

»Sie wissen nicht — ich spiele an der Börse —«

»Sie spielen an der Börse! Das ist sehr gefährlich.—
Wie, Herr Desforgeray, in Ihrem Alter sind Sie schon
Spieler?«

»Ich bin jetzt im einundzwanzigsten Jahre!«

»An der Börse spielen! — Sagen Sie das nicht in
Gegenwart meines Vaters, es würde Ihnen in seiner
Achtung sehr schaden. Er ist ein erklärter Feind der
Spieler —«

»Mein Gott, ich bin ja kein Spieler! Ich dachte gar
nicht daran. Boudinet, einer von meinen vier Freunden, versicherte, es hänge nur von mir ab, viel Geld zu gewinnen,
ich müsse gemeinschaftlich mit ihm operiren. Das erste
Mal kaufte ich nur sehr wenige Eisenbahnactien.«

»Und nachher?«

»Wir verkauften sie mit Nutzen wieder — oder vielmehr Boudinet verkaufte sie. Nachher kauften wir mehr
und gewannen wieder dabei — und dann —«

»Herr Desforgeray,« unterbricht Adeline, »ich kenne Ihren Freund Boudinet nicht; aber ich finde, daß er Ihnen einen sehr schlechten Dienst erwiesen hat, als er Sie zu solchen Speculationen beredete. Wollen Sie mir einen großen Gefallen thun, wollen Sie, daß ich Ihnen recht herzlich gut sei?«

»O, ich würde Alles thun, um einen kleinen Platz — in Ihrem Herzen zu bekommen!«

»Nun, dann geben Sie mir das Versprechen, das feierliche Versprechen, nie mehr an der Börse zu spielen. Nie mehr, verstehen Sie wohl?«

»Ja, ich verstehe —«

»Nun, wollen Sie mir das Versprechen nicht geben?«

»Aber was schon geschehen ist —«

»Von der Vergangenheit ist ja nicht die Rede. Ich weiß wohl, daß geschehene Dinge nicht zu ändern sind. Versprechen Sie mir nur, in Zukunft nicht mehr an der Börse zu spielen.«

»Ja, das will ich Ihnen versprechen und ich werde es halten.«

»Ich zähle darauf! Meine Freundschaft hängt davon ab, und aufrichtig gesagt, ich glaube, daß sie wohl so viel werth ist, als die Freundschaft Ihrer Genossen, die Ihnen selbstgeschaffene Cousinen zuführen.«

»Es ist gut, daß Sie mich daran erinnern. Diesen Morgen ist mir wieder eine Cousine vorgestellt worden.«

»Wirklich! Wer hat sie Ihnen vorgestellt?«

»Armand Bouquinard.«

»Ich glaubte, er sei mit Ihnen zerfallen und habe keinen Umgang mehr mit Ihnen.«

»Er ist aber doch mit dieser Demoiselle zu mir ge=
kommen. Und ich glaube, daß sie wirklich meine Cousine ist.«

»Woraus schließen Sie das? Sie ist vermuthlich
hübsch?«

»Nein, man könnte sie vielmehr häßlich nennen.
Sie hat gar nichts Einnehmendes in ihrem Wesen; sie ist
steif und abgemessen, und sieht die Leute, mit denen sie
spricht, gar nicht an.«

»Und daraus schließen Sie, daß sie Ihre Verwandte
sei? Sie haben sich also Ihre Cousine als eine steife, ab=
gemessene, häßliche Person gedacht?«

»Nein, aber diese benimmt sich sehr anständig und
sittsam. Sie heißt Hermine Clémandon. Diesen Namen
führte ihre Mutter in Paris. Sie ist im Alter von vier
Jahren eine Waise geworden. Da hat sich eine Dame ihrer
angenommen und sie erzogen.«

»Und diese Dame?«

»Sie ist todt.«

»Der Plan ist nicht übel ausgedacht.«

»Ich wäre vollkommen überzeugt, daß sie die
Cousine ist, welche ich suche, wenn sie mir das Porträt
meiner Großmutter und die Briefe, welche diese an die
arme Angelina geschrieben, hätte zeigen können.«

»So! es sind Briefe da und ein Porträt? Das
wären allerdings unwiderlegliche Beweise. Und sie konnte
sie Ihnen nicht vorlegen?«

»Nein, aber sie hat mir die Gründe erklärt; die
Briefe sind in einer Feuersbrunst verbrannt; das Porträt
besaß sie noch vor drei Monaten, aber sie hat es bei einem
Umzuge verloren.«

»Ha, ha! man hat auf Alles eine Antwort in Be=
reitschaft gehabt! —Womit beschäftigt sich diese Hermine?«

»Sie gibt Clavierlectionen.«

»Und was gedenken Sie jetzt zu thun?«

»Ich will an meine Großmama schreiben, ihr Alles
erzählen, was mir die Demoiselle gesagt hat, und sie fra=
gen was ich thun soll.«

»Ich rathe Ihnen, noch nicht nach Montpellier zu
schreiben. Wissen Sie die Adresse der Demoiselle?«

»Ja, sie hat sie mir gegeben. Hier ist sie.«

»Adeline nimmt die Karte, die ihr Anatol überreicht,
und liest: »Hermine Clémandon, Clavierlehrerin, Rue
Saint=Lazare Nr. 33.«

»Es ist wahr,« setzt sie hinzu, »der Name Hermine
Clémandon trifft zu.«

Anatol streckt die Hand aus, um die Karte zurückzu=
nehmen; aber Adeline steckt sie in ihren Gürtel und er=
wiedert:

»Lassen Sie mir diese Adresse.«

»Was wollen Sie damit machen?«

»Ich will sie meinem Vater geben. Er kennt ganz
Paris und hat ausgebreitete Bekanntschaften; er wird
bald erfahren, wer diese sogenannte Hermine Clémandon
wirklich ist.«

»Nein.« entgegnet Anatol, »ich kann nicht zugeben,
daß sich Herr von Barvillier diese Mühe nimmt —«

»Und ich wünsche, daß es geschehe.«

»Aber wie kann ich —«

»Herr Desforgeray, wenn ich etwas beschlossen habe,
so muß es geschehen. Sie haben wohl nicht geglaubt, daß

ich so eigenwillig sei. Es freut mich, daß Sie mich kennen lernen."

»Dann soll ich also noch nicht an meine Großmutter schreiben?«

»Nein, wenn Sie nicht zu ungern thun, was ich Ihnen sage."

»O, ich will es mit tausend Freuden thun.«

»Und Sie werden nicht mehr an der Börse spielen?«

»Ich habe Ihnen das feierliche Versprechen gegeben, und ich werde es halten.«

Anatol nimmt Abschied von Adeline. Er ist überglücklich, daß sie ihm so lebhafte Theilnahme bezeigt, und unterwegs sagt er zu sich:

»Künftig werde ich nur ihren Rath befolgen. Die Börsenoperation, zu der mich Boudinet beredet hat, soll die letzte sein, wenn ich auch noch nicht sehr reich dadurch werde. Es soll damit abgethan sein. Sie sagt ja, ihr Vater hasse die Spieler. Es muß doch wohl ein Spiel sein; ich glaubte, es sei nur eine Speculation.«

Er hatte den Weg durch die Champs-Elysées genommen; er ging in tiefen Gedanken, ohne die ihm begegnenden Personen zu beachten. Plötzlich rennt er gegen ein Frauenzimmer, das wahrscheinlich eben so zerstreut war wie er.

Es ist ein junges Mädchen, das ein Packet unter dem Arme trägt. Als sie Anatols Gesicht sieht, schreit sie erstaunt auf; Anatol ist ebenfalls überrascht, denn er erkennt das Mädchen, das ihm Victor als seine Cousine vorgestellt hat. Er hält die kleine Arbeiterin an, welche

über die Begegnung keineswegs erfreut zu sein scheint und
mit gesenkten Blicken weiter gehen will.

»So eilig!« sagt Anatol; »erkennen Sie mich denn
nicht?«

»Nein — ich erinnere mich nicht.«

»Aber ich erkenne Sie sehr gut. Sie sind die soge=
nannte Cousine, die mir Victor Hermelange eines Mor=
gens gebracht.«

»Glauben Sie?«

»Ich weiß es gewiß. Kennen Sie nicht einen großen,
ziemlich hübschen jungen Mann Namens Victor?«

»Ja, leider kenne ich ihn. Er ist ein arger Lump,
ein Erzlügner und Windmacher, der sich über alle Leute
lustig macht.«

»Sie sehen nicht aus wie eine Lügnerin,« erwiedert
Anatol; »gestehen Sie also, daß Sie nicht Hermine Clé=
mandon heißen, daß Ihre Mutter nicht den Namen Ange=
line Desforgeray führte, kurz, daß Ihnen Victor eine Rolle
einstudirt hatte, um Sie für die Cousine, die ich suche,
auszugeben.«

Die junge Arbeiterin erröthet und stammelt:

»Ach ja, es ist wahr; ich heiße nicht Hermine, son=
dern Titine Blainchaud. Ich weiß wohl, daß ich Ihre
Cousine nicht bin und ich glaubte, es sei nur ein Spaß, als
der lange Victor mich aufforderte, die Rolle zu spielen.
Und dann sagte er zu mir: O, es wird nicht schwer sein,
dem jungen Menschen aufzubinden, was wir wollen, er
glaubt Alles, was man ihm sagt. Man könnte ihm weiß
machen, das Meer sei nach Paris gekommen, er würde es

glauben, er sieht nicht weiter als seine Nase, er ist ein Einfaltspinsel. — Ich willigte also ein, mich als Ihre Cousine vorstellen zu lassen; aber da ich nicht dreist bin, so ging's nicht nach Wunsch. Ich sah wohl, daß Sie Unrath merkten, ich kam in Verlegenheit und lief davon. — Der lange Victor hat mich ausgezankt. Dann kam er wieder zu mir und sagte, ich müsse wieder zu Ihnen gehen und als Ihre Cousine auftreten; aber ich schlug's ihm rundweg ab. Da schalt er mich ein Gänschen und nahm mir den Shawl, den er mir geschenkt, wieder weg — der Spitzbube!«

Anatol nimmt vier Napoleons aus seiner Börse und drückt sie der kleinen Titine Blainchaud in die Hand.

»Hier, nehmen Sie,« sagt er, »kaufen Sie sich einen andern Shawl. Es ist dafür, daß Sie mir die Wahrheit gesagt haben.«

Die Schuhstepperin hüpft vor Freude und steckt das Geld in die Tasche.

»O, ich danke Ihnen, mein lieber Herr!« sagt sie. »Ach! wie freue ich mich! Sie sind ein viel noblerer Herr als Victor. — Ich will geschwind diese Stiefletten abgeben, und dann kaufe ich mir einen Shawl — und zwar einen blauen.«

Titine Blainchaud entfernt sich schnell, und Anatol setzt seinen Spaziergang fort.

»Ich überzeuge mich immer mehr,« sagt er zu sich, »daß meine Freunde, die Trüffelbrüder, mich nicht gut behandeln. Für den einen bin ich ein Tölpel, für den andern ein Einfaltspinsel; einer behauptet, man spotte über meine Liebe, und alle sind mir Geld schuldig, ohne an das Zurückzahlen zu denken. Nur Boudinet scheint es gut mit mir zu meinen; aber bis jetzt habe ich von dem gemeinschaftlichen Gewinn noch keinen Heller gesehen. Ich will hoffen, daß er am Ende des Monats nicht so handeln wird.«

Ende des dritten Theiles.

Druck und Papier von Leopold Sommer in Wien.